天使を抱いた夜

◆主要登場人物

タムシン・ウィンター……………化粧品会社オーナーの相続人。
ニコール・ウィンター……………タムシンの妹。
シェルダン・ウィンター…………タムシンの異母兄。化粧品会社CEO。
カミラ・ウィンター………………シェルダンの妻。
アジズ・アル・マグリブ…………タムシンの婚約者。
モハメド・アル・マグリブ………アジズの叔父。モロッコのシーク。
ビアンカ、デイジー………………タムシンの親友。
マルコス・ラミレス………………ベンチャーキャピタルの経営者。
ネリダ・ゴメス……………………マルコスの家の家政婦。

ハーレクイン文庫

天使を抱いた夜

ジェニー・ルーカス

みずきみずこ 訳

HARLEQUIN
BUNKO

THE SPANIARD'S DEFIANT VIRGIN

by Jennie Lucas

Published by Harlequin Japan, a Division of K.K. HarperCollins Japan, 2024

1

モロッコ、タルファヤ

マルコス・ラミレスはダル・エル・サラディン村の外で彼女を待っていた。双眼鏡を手に、花でおおわれたリムジンが真紅の薔薇《ばら》の花びらをまき散らして漁村を出るのを眺める。マルコスの目には、村を砂嵐《すなあらし》から守っている頑丈なゲートとその反対側の海が赤い弾痕《だんこん》で彩られているように見えた。

ついにタムシン・ウィンターに会える。寄宿学校に閉じこもって十年間を過ごしたあと、去年ロンドンに戻ったタムシンの動静を、マルコスはずっと追いつづけてきた。それからというもの、奔放な若き女相続人はタブロイド紙をしじゅうにぎわせている。写真の中で腕を組んでいる相手はいつも違う男性だ。美しきわがまま娘は、イギリス随一の浮気者の名をとどろかせている。

彼女を痛めつけたら、さぞかしいい気分だろう。

「車が来ます、ボス」警備責任者のレイエスが伝えた。

「ああ」マルコスは双眼鏡を下ろした。自ら乗り出さなくても、部下たちだけで、結婚式のために北にあるシークの宮殿《カスバ》へ向かうウィンター家の令嬢を誘拐できることはわかっていた。本当なら、今ごろは砂の舞う砂漠ではなくマドリッドでコーヒーを飲みながら、ロンドンやニューヨークの最新の株価をゆうゆうとチェックしていたところだ。

だが今日は、二十年間抱きつづけてきた復讐《ふくしゅう》の夢が成就する日なのだ。タムシンを手に入れれば、彼女と一族を破滅させることができる。ようやく望みがかなう。彼らにとっては当然の報いだ。

マルコスは冷酷な笑みを浮かべた。誘拐の知らせを聞いたら花婿がどんな顔をするか、この目で見てみたいものだ。あの腹黒い男が。

リムジンは村を出て、サハラ砂漠と輝く大西洋の浜辺を隔てる砂の道を進んでくる。マルコスは黒い覆面をかぶると、レイエスに呼びかけた。「行くぞ《バモノス》」

タムシン・ウィンターは、巨万の富と引き換えに純潔を売り渡す覚悟を固めていた。

宝石が銀糸で縫いつけられた花嫁衣装の白いカフタンが埋葬布のように体に重い。スモークガラスの窓から外を眺めるタムシンには、道でオレンジを売るしわだらけの女性さえうらやましく思えた。前妻を殴り殺した男との結婚に比べたら、オレンジを売り歩くほうがよほど楽しいだろう。

タムシンは深いため息をつき、目を閉じた。かまわない、と心の中でつぶやく。アジズ・アル・マグリブは肉づきのいい手で私に触れ、不快なにおいのする口でキスをし、たるんだ体を重ねてきて純潔を奪うだろう。でも、それで、見捨てられた幼い妹がみじめな生活から救われるなら、ささやかな代償と考えるべきではないか。

だが、つい先月までのタムシンは、恋に落ち、愛する人と結婚する日を夢に見ていた。新しい生活に踏み出し、いつか子供を持ちたいと考えていた。二十三年間、自分なりの本物の人生が始まる日を思い描いてきたのだ。

しかし、夢はついえた。

妹を救うことは最善の選択だ。いくらそう考えても、無為に過ごした時間、かなわなかったロマンス、生かせなかったチャンスを思うと、胸が苦しくなる。私の人生がこれほど短いと知っていたら……。

「タムシン！　やめなさい。ドレスがしわになるわ。わざとやっているのね、なんてばかな娘かしら！」

タムシンは中東風にコール墨でアイラインを引いた目をゆっくりと開け、大嫌いな異母兄の妻の顔を見た。カミラ・ウィンターはタムシンより二十歳年上だが、整形手術で伸ばした肌は頬骨の上で不自然にぴんと張っている。

「フェイスリフトの費用もニコールのお金で払ったの？」タムシンは義姉をじっと見つめた。「そのために十歳の女の子を餓死させそうになったというわけ？　自分の顔をお人形みたいにするために？」

カミラが息をのんだ。

「心配ないわ。兄がこのじゃじゃ馬の性根をたたき直してくれると思うから」もうすぐ小姑《こじゅうと》になるハティマが自信たっぷりに言った。年上の親族のハティマとカミラは、モロッコの伝統で定められた〝ネガッファ〟、つまり、若い花嫁の不安をしずめるための介添え役を務めているのだ。

不安をしずめる？　とんでもない。タムシンはヘナで飾った手を膝の上できつく組み合わせた。ハティマの言うとおり、夫は私のバージンを奪い、そして私をたたくだろう。どちらが先かはわからないけれど。

窓から外を見ると、車は村を取り囲んでいるゲートを通り抜けるところだった。こんなことなら、だれかと恋をしておけばよかった。大学のパーティで酔ってキスをしてきた男子学生とベッドをともにすればよかった。そうしていたら、こんなにつらい思いをしなくてすんだだろうに。

「あら、言い返さないのね。そんな元気もなくなった？」カミラが嘲笑《あざわら》った。

タムシンは涙を押し戻そうと目をしばたたいた。カミラに涙を見られるくらいなら死んだほうがましだ。漁船が波間に浮かび、鴎《かもめ》が大海原を自由に飛びまわるのを、硬い表情で見つめる。ほかの二人は拍子抜けしたのか、近くのラーユーンの町で最近起きた誘拐事件の話を始めた。

「地方行政長官の奥さんが真っ昼間に誘拐されたそうよ」ハティマが言った。

「なんて恐ろしい話かしら。それで奥さんはどうなったの？」カミラは興味津々の表情だ。

大西洋に沿って北へ進むにつれ交通量は減ってきたのに、車は右へ左へと道路をジグザグに走っている。タムシンが眉を寄せて見やると、車内はエアコンで涼しいのに、運転手の首筋は汗でびっしょりだった。

「行政長官は身の代金を払うために財産を全部手放したんですって。破産したけど、奥さんは無事に取り戻したそうよ」

「じゃあ、奥さんは痛めつけられずにすんだの？」カミラはがっかりしたらしい。

「ええ、財産を失っただけ。それが……きゃっ！」ハティマの声が悲鳴になった。運転手がハンドルを右に大きく切って急ブレーキを踏んだのだ。リムジンは二回スピンして横すべりしたあと、砂山に衝突した。

運転手はドアを開け放ったまま、タルファヤの方へ走り去った。

「どこへ行くのよ？」カミラは叫びながら、後部のドアを開けようとハンドルを長い爪で引っかいた。

そのドアハンドルが突如、外側からぐいと引かれた。黒覆面と迷彩服をつけた男が三人、後部座席に上体をねじこみ、タムシンにはわからない言葉でなにか叫んだ。

そのとき、自分の側のドアが開いたので、タムシンは悲鳴をあげて振り返った。長身の男が目の前に立ちはだかった。黒覆面からのぞく冷酷そうな唇とグレーの瞳を見て取ったタムシンは、拳銃《けんじゅう》でも突きつけられたように震えあがった。

「タムシン・ウィンター」男が英語で言った。「ついに君を手に入れた」

私の名前を知っている……。なんて奇妙な盗賊だろう。タムシンは義姉たちがうしろで叫ぶのを聞きながら、うわの空で考えた。砂漠の盗賊がなぜ私の名前を知っているの？

祈りがかなってこの人が私を救いに来てくれたのかしら？

まさか！　そんなはずはない。だれも私を助けることなんてできやしない。私がアジズと結婚しなければ、妹がその代償を支払うことになる。

ハティマはさっき、盗賊はどんなものを要求すると言っていたかしら。お金？

タムシンは緊張のあまり乾いた唇を舌で湿しながら背筋を伸ばすと、相手をじっと見つめた。

「私はアジズ・アル・マグリブの許嫁《いいなずけ》よ。私の髪一本にでも触れたら、彼はあなたを殺すに違いないわ。このまま帰してくれれば謝礼を支払うでしょうけど」

「なるほど」男が笑い、きれいな白い歯をのぞかせた。「どのくらいの謝礼をくれるのかな?」

男は奇妙なアクセントで話した。母音の発音はアメリカ人らしいが、異国風の響きがある。スペイン人の巻き舌のような。いったい何者なのだろう? ただの追いはぎとは違うようだ。そう思うとよけい恐ろしくなる。

「百万ユーロよ」タムシンは思いきって言った。

「悪くない額だ」

「大金持ちになるわ」一族の資産を管理するアジズの叔父が支払ってくれるといいけれど。

「気前がいいものだな。だが残念ながら、僕は金には興味がない」

男が手を伸ばしてタムシンの肩をつかんだ。タムシンは悲鳴をあげて相手を蹴《け》り、顔を引っかいた。

「暴れるんじゃない」男がうめいた。

タムシンはさらに大声をあげて蹴りつづけた。片方の靴が男の急所に当たった。男はののしりながらタムシンの手首をつかむと、ポケットから白い布を引っぱり出した。布で口がふさがれる。

クロロホルムだ! 息をとめようとしたが、次の瞬間、大きく吸いこんでしまった。布から甘ったるい空気が入りこんでくる。顔をそむけようとしたが、男に押さえつけられた。もう一度息を吸いこむと、地平線がぐるぐるまわり、目の前が真っ暗になった。

タムシンはふかふかのベッドで目を覚ました。

ゆっくりと目を開けてみる。頭がずきずきと痛い。打ち寄せる波と木のきしむ音が聞こえ、頭上では鴎が鳴いている。

気がつくと、服を着ていない。

起きあがり、上等のコットンの上掛けをはぎ取ってみる。初夜のための透けたレースのブラジャーとショーツはつけているが、それだけだ。

「よく眠れたらしいな」

タムシンはあわてて上掛けを顎まで引っぱりあげた。ハンサムな男がドア口に寄りかかっている。長身で肩幅が広い。肌は浅黒く、短めにカットした黒髪は波打っている。真っ白なシャツと黒いズボンがたくましい体を際立たせていた。

初めて見る顔だが、声には覚えがあった。それに、あの冷酷そうな唇とグレーの瞳。

「ここはどこ？」ヘリコプターに乗せられたあと、車に押しこまれ、タンジールの町を走ったのをおぼろげに覚えている。「カミラとハティマはどうなったの？」

男はキャビンに足を踏み入れ、瞳を憎しみに光らせてタムシンを見おろした。「それより、自分がなにをされようとしているか心配するんだな」

それこそタムシンが考えまいとしていたことだった。考えたら恐怖で叫んでしまうだろう。自分だけでなく、タルファヤで囚《とら》われている十歳のニコールがどうなってしまうか、考えるだけでぞっとする。

時間をかせいで、脱出する方法をさがさなければ。

「ほかの二人もさらったの?」どうしても声が震えてしまう。「ここはどこ? シークに身の代金を要求したの?」

男は腕を組んだ。「身の代金は要求しない」

「なんですって?」

男がベッドに一歩近づいた。薄手のシャツをまとった筋肉質の体が今にもタムシンにつかみかかりそうだ。

「ほかの二人はタルファヤに残してきた。僕には君しか必要ない」

タムシンは息をのんだ。「私? なぜ?」

男は傲然《ごうぜん》と彼女を見おろしただけだ。

「ここはどこ?」もう一度きいてみる。

セクシーな唇がさげすむようにゆがんだ。「僕のヨットだ」

船に乗っていることはタムシンにもわかっていた。窓から外を見やると、沈みはじめた太陽が海面に真紅の帯を描いている。陸地の影は見えない。外海にいるのだろう。叫んでもだれにも聞こえまい。

身の代金を要求しないのなら、なにが目的なのだろう？　タブロイド紙はいろいろ書きたてているが、私には財産はない。一族の資産も底を尽いている。異母兄が引き継いだ化粧品会社は倒産寸前だ。

「あなたはだれなの？」

「君をとらえた男だ。それ以上知る必要はない」

タムシンは震えを隠そうと上掛けに手を押しつけた。怖がっていると気づかれてはならない。無法者は恐怖につけ入るものだ。彼女はそれを父から学んだ。生き延びるためには戦わなければ。「私をどうするつもりなの？」

男はベッドの端に座ると、タムシンの頬に触れた。「君は美しい、セニョリータ。男をとりこにする魅力がある。僕の望みはわかっているはずだ」

タムシンは男の手の感触に震えた。近くだと男はいっそうハンサムに見えた。浅黒い肌が危険な香りを放っている。ロンドンのクラブで出会っていたら、引きつけられ、魅了されていたかもしれない。

こんな人と戦って勝ち目はあるのかしら？

上掛けを盾のように握り締め、ニコールを思い浮かべる。そう、ニコールのために戦わなければ。

タムシンは先月、ヨークシャーにある異母兄シェルダンの薄暗い屋敷に小さな妹が一人きりでいるのを見つけた。食料もお金もなしに置き去りにされていたのだ。シェルダンとカミラは派手な暮らしをするために、妹のお金を使ってしまっていた。妹の名前を呼びながら屋敷に足を踏み入れたときのことを思い出すと、今でもぞっとする。ニコールは泣きながら飛びついてきて、やせこけた体を震わせた。妹はタムシンに見捨てられたと思っていたのだ。

異母兄夫婦のことはぜったいに許さない。シェルダンもカミラも大嫌いだ。自分の欲望を満たすために罪のない弱者を痛めつける連中は軽蔑《けいべつ》するしかない。

この男も同じだ。タムシンは目を細めた。こんな男にアジズとの結婚を妨害させるわけにはいかない。

「私を奪うつもりなら、そうすればいいわ。そして、私をモロッコへ帰して。結婚式に行かなくては」

タムシンの言葉に驚いたらしく、男が目をみはった。だが、その表情は一瞬にして消えた。「君が浮気者と呼ばれる理由がわかったような気がするよ」

「結婚式当日に誘拐されて、見知らぬ男のヨットで裸で目覚めた私に、礼儀を教えようというの？」

「君は裸じゃない」

「どうして知っているの？　あなたがその手で私の服を脱がせたわけ？」

男が嘲《あざけ》るように眉を上げた。「残念ながら僕は脱がせていない」しかし、タムシンがほっとする間もなく、皮肉っぽくつけ加えた。「まだね」

石をも溶かしそうな視線だった。憎しみに満ちているが、それ以上のなにかがある。熱い視線に射すくめられて、タムシンの血管を電流のようなものが駆けめぐった。気がつくと彼の唇を見つめていた。シャツの下の体はどんなふうだろう？　この体に引き寄せられたら、どんな感じがするのだろう？

タムシンはそんな考えを振り払った。今重要なのは、相手の望みをさぐり当てて逃げ道を見つけることだ。ニコールを守らなければ。

ニコールがあんな目にあったのは私のせいだ。

妹がまだ赤ん坊のうちにタムシンはアメリカの寄宿学校に送られたため、姉妹はずっと離れて暮らしてきた。妹を産んでほどなく母が亡くなり、その数年後に父も世を去った。けれど、シェルダンを後見人にすべきではなかった。ぜったいに。タムシンがロンドンで生まれて初めて自由を味わっている間に、シェルダンは姉妹の資産を略奪し、養育係《ナニー》を解雇してニコールを独りぼっちにしたのだから。

知っていたら妹を守ってあげられたのに……。

「もうすぐ着く」男がキャビンを横切って窓辺に立った。

「どこに？」

「アンダルシア。僕の故郷だ」

スペイン！　希望がわいた。陸に上がって町へ行ければ、自由が手に入るかもしれない。アルヘシラスから高速フェリーに乗れば、夜までにはモロッコに戻れるだろう。

男が突然振り返ったので、タムシンは計画を読み取られまいと目をそらした。「セニョリータ・ウィンター、君はスペイン語を話すのか？」

「いいえ」タムシンは嘘《うそ》をついた。「あなたは話せるの？」

「もちろん。だが、母はアメリカ人だった。母が亡くなったあと、ボストンに六年間住んでいた。君のために英語で話すことにしよう」

「それじゃ、私を誘拐した理由を英語で説明して」

「もうフィアンセが恋しくなったのか？」

不意をつかれてタムシンは口ごもった。「いえ……つまり、そうよ。それは別にしても、結婚すると約束したからには、その約束を果たさなければ。それが礼儀というものでしょう」

男の目が一瞬きらめいた。「では、彼を愛してはいないというわけだな」

「そうは言ってないわ」

「確かに。しかし、アジズ・アル・マグリブは残酷なことで知られている」グレーの瞳がタムシンを見つめている。上掛けの上からでも裸の彼女が見えるかのようだ。「君はあいつの叔父の財産を目当てに結婚しようと考えるほど浅はかな女なのか?」

タムシンは結婚の理由について話すつもりはなかった。「アジズの評判を知っていながら私を誘拐したなんて、あなたはばかね。きっと殺されるわ」

男が再びベッドに座った。近すぎる、あまりにも。逃げ出したかったが、男の重みで上掛けが引っぱられ、体を隠すのがやっとだった。下着姿を男性に見られたことはないし、今見せる気もない。だが、彼がそばにいるだけで奇妙な感覚が目覚めはじめた。

向こうへ行ってと言うつもりで口を開いたとき、二人の視線が合い、暗く陰った瞳に射すくめられた。その瞳の奥に広がる海におぼれてしまいそうだ。

ハンサムという言葉では形容しきれない、息をのむほどの残忍な美しさが男にはあった。高い鼻と頬骨、鋭い顎の線、グレーの瞳と浅黒い肌、指で触れたくなるような波打つ黒髪。彼はとても背が高く、ベッドに座っていても見あげるほどだった。こんなにたくましい体なら、私をたやすく押さえつけられるだろう。そう考えるだけで恐ろしくなった。

男が手を伸ばしてきた。タムシンはぶたれるのかと思って身構えたが、案に相違して頬を撫《な》でられた。

「長い間待っていた」彼の指は荒馬をなだめるかのようにやさしかった。「ずっと」

「なにを?」タムシンはやっとの思いで問い返した。

「君をだ」

「私を？」ぶたれたほうがましだった。それならなんとかできたかもしれない。タムシンは男に触れられて震えていた。彼は手荒なことをなに一つせず、ただ触れるだけで私を思いどおりにしてしまいそうだ。そう、頬を撫でるだけで。胸に触れられ、唇にキスされ、ベッドに押し倒されたら、私はどうなってしまうだろう？

　タムシンは顔をそむけた。「なぜ私を誘拐したの？　私をどうするつもり？」

「君は戦利品なんだ、タムシン」男が身を乗り出し、耳元でささやいた。「そして僕は、復讐の甘い味を楽しみたい……」

　男の唇がタムシンの耳をかすめる。熱い息が首筋にかかり、彼女の体に鳥肌が立った。

「お願い」タムシンは小声で言ったが、なにを頼んでいるのか自分でもわからなかった。体を不思議な感覚が走る。緊張しているのに胸がはずみ、寒いような暑いような感じがした。

　男の指が頬から耳へ、そして首へと下りてきた。彼が髪を撫でながらタムシンを仰向かせたので、感じやすい喉元があらわになり、唇がうずいた。思わず唇を舌で湿すと、一瞬、彼の目がタムシンの舌の動きを追った。

　そして、唇が重ねられた。

　むさぼるような激しいキスだった。彼の舌が口の中をさぐり、じらすようにタムシンの舌にからむ。体じゅうが燃えるように熱くなり、タムシンは両腕を彼の広い肩にまわした。

そして、激しいキスに応《こた》えながら、彼の黒い髪を指でまさぐった。

「君は写真以上に魅力的だ。君のような女性を見たら、男たちが争いたくなるのも無理はない……」唇を離した男が、タムシンの頬の上でささやいた。

彼の腕の毛がわき腹に触れる。驚いたタムシンが見おろすと、上掛けがいつのまにか手からすべり落ちて、ウエストのあたりにまるまっていた。彼の視線が胸からおなかへとさまよっていくのを見ているうちに、透けた白いレースのブラジャーの下で胸がうずきはじめた。

上掛けをたくしあげる暇もなく、彼の手があらわな肌に触れ、ウエストをつかんだかと思うと、自分の体の方に引き寄せた。

タムシンはあらがわなかった。できなかったのだ。キスをされながら大きな手で抱き締められ、我を忘れていた。こんなふうにキスをされたことは今までない。無我夢中で、彼のことしか考えられない。まるで竜巻の真ん中にでもいるように、世界がぐるぐるまわっている。

タムシンは思わず男のまねをしてシャツの下に手を差し入れ、引き締まった胸に指をすべらせた。うめき声があがり、彼がブラジャーのホックに手をかけた。

そのとき、ドアを鋭くノックする音が聞こえた。

彼が体を引き離す。二人は荒い息をつきながら見つめ合った。

「なかなかの手並みだな」彼が非難するような口調で言った。

手並み？　まるで私のほうが彼を誘惑したみたいな言い方じゃないの。

男は部屋を横切ってドアを開けた。若い女性が腕いっぱいになにかかかえて立っている。

「セニョリータのための服です、旦那様《だんな》」女性はスペイン語で言うと立ち去った。

男はタムシンの方を振り返り、黒いドレスとハイヒールをベッドの上にほうり投げた。

「さあ。あのマリアが君のカフタンを脱がせたんだ。君が寝やすいように」その声には嘲りがこもっている。「その服は君にぴったりだと思う」

「ど、どこへ行くの？」タムシンはとまどった。さっきの燃えるようなキスで怒りはどこかへ消し飛んでいた。こんなに膝が震えていては、一人で立つことなどできはしない。まして歩けるわけがない。

男は一瞬、タムシンを見つめた。怒りに満ちた暗い表情だ。それから、答えもせずにドアの方へ歩きだした。

「待って」まるでローラーコースターに乗っているかのようだった。めくるめく気分を味わわされたかと思ったら、今度は冷酷さに打ちのめされる。涙があふれ、膝にこぼれ落ちそうになった。「私に言うことはそれだけなの？　結婚式に行こうとしていた私を誘拐し、地中海を渡ってこんなところまで連れてきて、キスしたあげく、説明もせずに置き去りにするつもり？」

男が目を細めた。その体からは砂漠の熱波のように嫌悪感が発せられている。

「わかった。それなら説明しよう。なにが聞きたい？　僕の名か？　名前はマルコス・ラミレス。そして、僕が君に望むことはなにか？　簡単な話さ、ミス・ウィンター。僕は君の婚約者と家族を破滅させるつもりだ。君にそれを手伝ってもらいたい」

2

誘拐はレイエスにまかせておけばよかったのかもしれない。

マルコスは隣の席に座る女をちらりと見やった。ロールスロイスは二人を内陸へ運んでいく。五キロのドライブだ。

ようやくおとなしくなってくれた。さっきよりずっとましだ。彼女はついさっきまで、アジズ・アル・マグリブと結婚できるよう、すぐ解放してほしいと要求しつづけていた。要求が通らないと知ると、ののしったり脅したりした。マルコスは思い出してにやりとした。僕は彼女の取り巻きの男たちとは違う。脅されたからといって動揺したりはしない。

いや、本当にそうだろうか。二人のキスの記憶がよみがえる。ヨットのキャビンでキスをするつもりなどなかったのに、彼女の魅力に負けてしまった。そして、あのキスは……。

マルコスはその記憶を頭から追い払った。この女は経験豊富な浮気者だ。タブロイド紙によると、ロンドンに足を踏み入れる有名人となら、だれとでもベッドをともにするという。キスがうまいのも当然だ。それでなにかが変わるわけではない。変わったとしたら、僕が彼女への評価をさらに下げたことくらいだろう。とまどったふりをして純真さを装ったり、上掛けがはがれたときに頬を染めてみたり。モロッコへ戻ってアル・マグリブ家の財産を手に入れるためなら、どんなことでもやってのけるようだ。

彼女の一族を破滅させる計画を明かしたのに、それについてはなにもきこうとしない。自分がシークの甥《おい》と結婚してダイヤやルビーにうつつを抜かしている間に、一族が飢え死にしてもかまわないというわけか。

なんと薄情で貪欲《どんよく》な女だろう。花婿と同様に打算的で、しかも異母兄と同じように愚かしい。

だが、皮肉なことに、これまで出会っただれよりも美しい。

彼女の美しさは、陶器のような白い肌やピンクの唇や大きなブルーの瞳だけではない。それ以上のなにかがある。立ち居ふるまいはまるでフラメンコのダンサーのように魅惑的だ。長い赤毛が白い肩の上で優雅に揺れ、声は音楽のように豊かに響く。ほっそりしたウエスト、長い脚、豊かな胸。彼女がイギリス一の魅力的な女性と呼ばれる理由がわかるような気がする。ふつうの男なら、たちまちその魅力のとりこになってしまうだろう。

マルコスは再びタムシンをちらりと見た。彼女は反対側のドアに体を押しつけて、窓の外のスペインの田園風景を見つめている。この女性の意志をくじいてやりたい。吐息をつかせ、喜びの叫びをあげさせてやりたい。欲望に我を忘れさせ、無礼なふるまいを罰してやりたい。そう考えるだけで、体じゅうに力がみなぎってくる。このわがまま娘にはそれがふさわしい……。

なんてことだ。彼女の魅力に理性を失いそうになっている自分に気づき、マルコスは歯ぎしりした。僕もほかの男たちと同じなのか。そう思うと腹立たしい。誘惑に抵抗する自信はあるものの、ベッドに連れていきたいという気になっただけで、彼女がどんなに危険な女性かを証明しているではないか。

車が城の正面に横づけされる間も、思わず知らずタムシンの大きく開いた胸元に視線をさまよわせていた。アンダルシアの夏の夜は蒸し暑く、ジャスミンの香りに満ちている。マルコスは運転手に向かって手を上げると、反対側のドアにまわった。

タムシンはマルコスを無視しつづけている。マルコスは無言で彼女の腕をつかみ、車から降ろした。一緒に広い階段をのぼっていくと、バンから降りたレイエス、マリア、その他の使用人たちがうしろについてきた。

十四世紀の城砦《じょうさい》の胸壁を見あげていたタムシンは、階段でつまずきそうになった。「ここがあなたの家なの?」

「そうだ。これから何週間かは君の家にもなる」

タムシンの表情がまた反抗的になった。「ここにいるつもりはないわ。とんでもない」

マルコスの堪忍袋の緒が切れそうになった。美しさのせいか、傲慢《ごうまん》さのせいか、彼女は人をいらだたせるすべを知っている。「必要なだけここにいてもらう」

タムシンはマルコスの手を振りほどくと、豊かな胸の前で腕を組んで城へ入っていった。マルコスはそのままにさせておいた。逃げられるわけがない。背後では大きな重い扉が閉まろうとしている。ハイヒールの音を壁に響かせていたタムシンは、頭上を見あげて呆然《ぼうぜん》とした顔になった。遠い昔に築かれた壮麗な入口の間の高い天井には、花々やアラビア文字、幾何学模様が入念に彫りこまれている。

マルコスは、タムシンが経済学を学ぶ前に中世史を専攻していたことを思い出した。入口の間にでも見とれていればいいと、彼は冷ややかに考えた。ここはロンドンではない。自分の置かれた立場を思い知ってもいいころだ。

ここに彼女を閉じこめておけば、敵は二人とも経済的に行きづまるはずだ。両家の婚礼が成立しなければ、シーク・モハメド・アル・マグリブはアルガン油をシェルダン・ウィンターに掛け売りすることを拒否するだろう。そうなるとシェルダンは、利益の上がっている唯一の事業を維持できない。ウィンター・インターナショナル社の取締役会は会社を切り売りすることに決め、シェルダンは負債をかかえて窮地に陥るだろう。

アジズはさらに打撃を受けるはずだ。約束の結婚祝いを叔父にもらえなければ、ギャンブルに走って多額の借金があることを隠せなくなる。厳格なシークは甥を廃嫡し、債権者はアジズを袋だたきにするだろう。一巻の終わりだ。

マルコスにとってさらに望ましいシナリオは、アジズがスペインにやってきて、タムシンを取り返そうとすることだった。アジズをこの手で引き裂いてやれたら、どれほどの喜びを味わえるだろう。父にひどい仕打ちをしたあの男を。秘密も嘘《うそ》もうんざりだ。なによりも、これ以上待つことには耐えられない。僕の家族を破滅させた男に今すぐ会いたい。

それにしても、人質にしたタムシン・ウィンターをどうすべきだろう？

マルコスの視線が、彼女の優美な体の線と、むき出しの背中で波打つ赤毛をなぞっていく。肌は雪のように白く、夏のそよ風のようになめらかに見える。手を触れてそのなめらかさを確かめたい。彼女の抱擁は髪の色のように情熱的だろうか？

マルコスは怒りに身震いした。彼女はただの人質、それ以上の何物でもないはずだ。彼は顎をこわばらせて冷ややかに言った。「今夜、夕食をともにしてもらう」

ふっくらしたピンクの唇がゆがんだ。「飢え死にしたほうがましだわ」

「好きにしたらいい」マルコスは鼻で笑い、うしろに控えていた警備責任者を振り返った。「レイエス、ミス・ウィンターを塔に監禁しろ」

「なんですって！」タムシンは目を見開いて前に一歩踏み出した。「私を閉じこめるつもりなの！」

「そのとおりだ」彼女のために用意したのは塔の牢《ろう》どころか、豪華で居心地のいい部屋だが、それを言うつもりはない。とくに、さんざんののしられたあとでは。「君と仲よくする理由はないからな」

タムシンは怒りを抑えきれないようすで両手を握り締めた。頬が赤くなる。「気が変わったわ。あなたとディナーを一緒にいただきましょう」

そろそろ根負けするころだろうとマルコスは考えた。ののしりの言葉が減ってきている。

彼は入口の間に入ってきた家政婦の方を向いた。

「ダイニングルームで夕食をとる、ネリダ。もう遅いから、料理を全部いっぺんに持ってきてくれ」

「はい、旦那様《だんなシ》」

「新しい情報があったら知らせるから」マルコスがレイエスに言うと、警備責任者は部下たちと一緒に出ていった。続いて彼はタムシンに手を差し出した。「こっちだ」

タムシンがその手を疑わしげに見つめた。ブルーの瞳が黒いアイラインと長いまつげで強調され、海のように深く大きく見える。マルコスの腕を取るのがいかにもいやそうだ。

だが意外にも、タムシンはマルコスの腕に小さな手をかける前に一瞬ほほえみを浮かべた。思いがけない微笑に不意をつかれて、マルコスは息をのんだ。

「ありがとう」

その声のなまめかしい響きと、瞳を半分隠す長いまつげが気持ちをくすぐる。マルコスは混乱し、思わず腕に力をこめた。「こっちだ、ミス・ウィンター」

タムシンが美しいメロディのように澄んだ笑い声をあげながら、マルコスの肩にそっと手を置いた。「ここに何週間もいなくちゃならないのなら、堅苦しいことは抜きにしない？　タムシンって呼んでちょうだい、マルコス」

つややかな唇が自分の名前をささやくのを聞いて、マルコスは突然激しい衝動を覚えた。氷のように冷たかったわがまま娘は一瞬にして、炎のようになまめかしい女性に変身した。判断力には自信のあるマルコスだが、その炎の中に飛びこんでしまいたいという思いで頭がいっぱいになった。

それにしても、彼女はなぜ急に態度を変えたのだろう？　塔に閉じこめられるのが怖いからか？

しかし、マルコスはすぐに理解した。戦略を変えただけなのだ。無礼な言動を続けるよりも、相手を自分の魅力のとりこにしてしまったほうが、逃げるチャンスにつながると考えたのだろう。

もちろん、その手にはのらない。そんな見え透いた策略に引っかかると思われるとは、見くびられたものだ。だが、近づいてくるタムシンの体が音楽のように揺れるのを見ながら、あれだけ悪態をつかれたのだから、今は好きなようにさせておくのもおもしろいかもしれないと思いはじめた。

誘惑されるつもりはない。

ただ、彼女がどうするか興味があるだけだ。

タムシンはようやく気がついた。相手をなじって時間をむだにしているときではない。異母兄とは違って、マルコス・ラミレスは簡単に餌《えさ》に引っかかるような男性ではない。頭の回転が速く、用意周到で、冷酷だ。私を誘拐するためにわざわざモロッコまで出かけたくらいなのだから。アジズとウィンター一族に復讐《ふくしゅう》するために相当の時間と資金をつぎこんだに違いない。それなのに、悪態をつけば解放してもらえると思いこんでいたとは。

作戦を変えなくてはならない。

広い石の階段をのぼってダイニングルームへ向かいながら、マルコスがこちらをちらりと見た。その目に浮かんだ欲望の色はすぐに微笑で隠された。彼が私のことを、浅はかでふしだらな浮気女と考えているのは明らかだ。それに、用意されたドレスを見ても、私のことをかなり前から観察していたのは間違いない。胸元の開いたグッチの黒いホルターネックのドレスと、クリスチャン・ルブタンのハイヒール。私がパーティに行ったときの装いとそっくりだ。あれがきっかけになって、ロンドンのタブロイド紙の注目を一身に浴びた。少なくとも一カ月間は。

でも今はむしろ、トラックスーツとスニーカーが欲しい。爪先の出るクレープシフォンのメッシュのハイヒールは優雅だけれど、監視の目を盗んで石の階段を走るのには向いていない。

ただ、セクシーなドレスにはほかのメリットがある。タムシンはまつげの下からマルコスを見あげた。彼の気を引いて油断させるのだ。一緒にベッドへ行くものと信じこませればいい。

そう、この尊大なスペイン人をうまく料理してみせよう。

タブロイド紙が書きたてているように、ファッションと男性にしか興味のない軽薄な女だと、マルコスに信じつづけさせることだ。結婚を妨害され、家族を破滅させられても、ここで贅沢《ぜいたく》な暮らしを続けることを選ぶ女だと信じこませるのだ。そして、ガードが甘くなった隙《すき》をねらって彼を出し抜き、モロッコへ逃げる……。

タムシンは笑みをもらした。自分を見くびって計画が頓挫《とんざ》したときのマルコスの顔を想像したのだ。

「さあ、ここだ」二人は広々としたダイニングルームに着いた。マルコスの手はまだタムシンの背中に置かれている。

「きれいな部屋ね」タムシンは精いっぱいほほえんだ。頬が痛くなりそうだ。

もっとも、それは嘘ではなかった。建築様式は中世風だが、漆喰《しっくい》の壁には高価な現代絵画が飾られている。ピカソの作品もあった。天井は高く、ダークウッドのテーブルに置かれた花瓶には南国の花が生けられている。外側のドアは開け放たれ、広いバルコニーと手すりが見える。タムシンは夜咲きのジャスミンの香りを深く吸いこんだ。

マルコスは開いた窓の向かい側の席へタムシンを導いた。彼自身はまだ、ヨットで着ていた白いシャツと黒いズボンを身につけている。そよ風が彼の香りを運んできた。熱い太陽と地中海のにおい、そして……なんとも言えない男っぽい香り。むせ返るほどのコロンをつけているアジズとはまったく違う。

マルコスの香りや体や声がタムシンに甘美な緊張感を味わわせていた。わけがわからない……頭に花瓶を投げつけてやりたいと思っている男性に、こんなふうに惹《ひ》かれてしまうなんて。

「飲み物はどうだい？」マルコスが言った。

タムシンはためらった。「ええ、ありがとう」

ダイニングルームの隅にあるバーの方へ歩いていくマルコスを、タムシンは目で追った。長身で肩幅の広い彼は、サバンナを徘徊《はいかい》するライオンのようにゆっくりとしなやかに歩く。真っ白なシャツと仕立てのいいズボンがたくましい体を際立たせている。

マルコスがこちらを振り向いた。引き締まった顎の線が夕日に照らされ、黒髪が波打っている。とがった鼻と厚い唇。まるでミケランジェロの彫刻のように完璧《かんぺき》に彫りあげられた冷たい顔だ。

マルコス・ラミレスは黒翼の堕天使だと考えて、タムシンは震えた。美しく残酷で、情け容赦がない。

「このブランデーは僕の葡萄《ぶどう》園で造られている」マルコスはグラスを置くと隣に座った。彼の膝がむき出しの脚に触れ、タムシンは飛びあがりそうになった。マルコスが眉を上げた。「驚かせたかな？」

タムシンはうろたえて頰を染め、そんな自分に腹を立てた。なんとか取りつくろわなくては。「いいえ、ただ、あなたの足があんまり……大きいから」

「ありがとう」

とりあえずはうまくいった。タムシンは彼の膝を軽く撫《な》でた。「男性の力強い足ってすてきだわ。大きな手。大きな足」ほれぼれと眺める。「どんな重いものでも持ちあげられそうね」

「僕には力だけではなくスタミナもある」マルコスがグラス《グラス》ごしにからかうように見つめている。「お望みのものを持ちあげてみせよう。一晩じゅうね」

まあ、なんてことを。

マルコスとのやりとりは、ロンドンのクラブで青二才の伯爵とダンスを踊ったり、頭のからっぽな有名人とお酒を飲んだりするのとはわけが違う。マルコスは成熟した危険な男だ。しかも私は彼の城に囚《とら》われている人質。彼は私を思いのままにできる。

彼とたわむれるのは火遊びと同じだ。

なんとかやってのけなくては。タムシンは自分に言い聞かせた。マルコスに気があるふりをしよう。彼が思いこんでいるように、ふしだらな女を演じればいい。さあ、身を乗り出して彼にキスしよう。

だが、できなかった。マルコスはあまりにも力強く、男っぽく、自信たっぷりだ。タムシンはおじけづいた。

グラスを取って唇に持っていき、ブランデーをあおったタムシンは、強い酒にむせて咳《せ》きこんだ。

「大丈夫か?」マルコスが左手で背をたたいてくれた。「ブランデーには慣れていないのか?」

慣れていないのはブランデーだけではない。「喉が渇いていたの」タムシンは力なく答えた。

「ああ、そうらしいな。おなかもすいているだろう」グレーの瞳がきらめいた。

「とても」今度は慎重にブランデーをもう一口すすった。「ところで、お礼を言わなくちゃならないわ」

マルコスが不思議そうにタムシンを見た。「なんの礼かな?」

「誘拐してくれたことよ」タムシンは目を大きく見開いてうっとりと彼を見つめた。「アジズから私を救ってくれたこと」

「君を救った？　君は彼と結婚したいあまり、海に飛びこんでモロッコまで泳いで戻らんばかりの勢いだったじゃないか」

「あれはただ怖かったからよ。あなたが私になにをするかわからなくて。でも、アジズと結婚したいと思ったことはないわ……一度も。彼はきっと私を砂漠の真ん中に閉じこめたでしょう。ショッピング街やクラブや〈ハロッズ〉から百万キロも離れたところに」タムシンは体を震わせた。「女性にとってはみじめな暮らしよ」

マルコスが唇をゆがめた。「確かに悲劇だな」

私の言葉をあっさり信じることのほうが悲劇だと考えながら、タムシンは身を乗り出してマルコスの手を取った。「私はあなたの敵じゃないわ、マルコス。兄やアジズに愛情はないの。もしかしたら私たち……助け合えるかもしれない」

マルコスが彼女の手を見おろした。「君はなにを考えているんだ？」

彼の視線が自分の唇に向けられたのを見て、タムシンは舌でなぞった。また自信がぐらついて、うろたえてしまいそうだった。こんな男性を操るなんて無理だ。私にできるだろうか？

タムシンはブランデーの最後の一口を飲みほすと、グラスを掲げ、マルコスに向かってにっこりした。「もっとブランデーをいただける？　頭がくるくるまわって、とってもすてきだわ」そして、少女のような笑い声をあげた。

一言も発せずにグラスを取ったマルコスは、石の床を横切ってバーへ向かった。タムシンは目を細めてその姿を追っていたが、彼が振り向いたとたん、えくぼを浮かべて作り笑いをした。

「あなたの計画を教えてくれたら、お手伝いする方法を考えるわ」そう言いながら両腕を頭上に伸ばし、あくびのふりをする。深いネックラインから胸のふくらみがのぞくことを意識したしぐさだ。「私にはまだわからないの。私を誘拐したらアジズと兄が苦しむなんてどうして考えたの？」

マルコスの視線が胸のふくらみに向けられた。「説明する必要はない」

「でも、どうして私たちを苦しめたいの？」

「君は関係ない。問題は彼らだ」

「どうして彼らを苦しめたいの？」

マルコスは肩をすくめた。「自業自得さ」

なんて身勝手な男だろう。説明してくれないことに、タムシンはいらだちを覚えた。この男の復讐のために、ニコールの人生をだいなしにするわけにはいかない。

タムシン自身は、幸いなことに、父親の生き方を見ていたおかげで多くのことを学んでいた。父が脳卒中で亡くなったときには、悲しんでくれる友人もいなかった。タムシンでさえ、父親にもう傷つけられなくてすむと思ってほっとしたくらいだ。

「さあ、ブランデーだ」マルコスがグラスをテーブルに置いた。

「ありがとう」タムシンはマルコスからよく見えるように脚を組み、片方のハイヒールがうっかり脱げたふりをした。拾いあげるために身をかがめて、彼の目の前で胸元をあらわにする。

体を起こすと、マルコスは羊をむさぼり食おうとする飢えた狼《おおかみ》のような顔で見つめていた。

うまくいきすぎたかもしれない。マルコスがまわりをゆっくりと歩くのを見ながら、タムシンは思った。熱い視線が体にそそがれるのを感じる。あらわな肩に触れられたときには飛びあがりそうになった。自分がそれほど激しく反応するとは考えてもいなかった。

「なにをするの?」声が震えた。

マルコスはほほえみ、タムシンの髪をやさしくすいた。頭から体へと震えが伝わっていく。

「今日は大変な一日だったろうが、今夜はゆっくりすればいい。食べて、飲んで、そして……楽しめば」

マルコスに肩を撫でられ、タムシンの心臓は大きく打った。彼の手が下りてきて、肩甲骨のあたりのこわばった筋肉に触れる。タムシンは目を閉じ、思わず背中をそらした。

「なんて美しい《ケ・ベレサ》」彼の指が肩のくぼみから首、巻き毛へとたどっていく。「君は美しい」

タムシンはあえいだ。「違うわ。美しいのはドレスよ」

「いや、ドレスの中の君だ」マルコスは両腕を広げてタムシンを引き寄せた。「君の言うとおり、僕たちは助け合えるかもしれない」

「あなたの計画を話してちょうだい」マルコスが芝居に引っかかるとは思ってもみなかった。「そうしたら、お手伝いする方法を考えてみるわ」

タムシンの腕に指をすべらせながら、マルコスは謎《なぞ》めいた笑みを浮かべた。「そうだな」うまくいった！　私を信用してくれたらしい。だが、タムシンが勝利を確信した瞬間、家政婦と二人の給仕係がトレイを持ってダイニングルームに入ってきた。残念なことに、マルコスはタムシンから離れて自分の椅子に戻ってしまった。

「ご希望どおりに夕食をご用意しました」家政婦がスペイン語で言いながら、鋭い視線をタムシンに投げた。タムシンはとまどった。なぜ嫌われているのだろう？「旦那様のロマンチックな夜のために」家政婦が冷ややかにつけ加えた。

「ありがとう、ネリダ」マルコスもスペイン語で応じ、トレイを受け取った。「君がいないとどうにもならない」

小太りの中年女性は満足そうな顔をした。「旦那様は飢え死にしてしまわれるでしょうね。いつもコーヒーとおつまみ《タパス》だけなんですもの。なにも召しあがらないこともあるし。マドリッドに行かれるといつもやせて帰られるじゃありませんか」

「だが、戻ってくると君が太らせてくれる。おやすみ、ネリダ」

「あなたの家政婦は私がお嫌いなようね」家政婦と給仕係が行ってしまうと、タムシンは言った。

「君が嫌いというわけじゃない」マルコスがパンにバターをつけながら説明した。「僕がまだ子供のころにはネリダ・ゴメスは養育係《ナニー》だった。古風で独占欲が強くてね。身持ちの悪い女性は許さないんだ」

身持ちの悪い女性！　タムシンは憤然としながら運ばれた料理を見おろした。「これはなんなの？」

「スープはサルモレジョ。トマトスープにちぎったパンを入れて煮込み、卵とハムを散らしたものだ」

タムシンはためらいがちにスープを口に運んだ。冷たくておいしい。「ガスパチョみたいな味ね」

「そうだな」

「こちらは？」

「パト・ア・ラ・セビリャナ。鴨《かも》のローストにシェリー酒で煮た玉葱《たまねぎ》、にら、人参《にんじん》を添えてある。それにネリダ特製のパンだ」

食べてみたタムシンは二つのことに気がついた。まず、自分がとても空腹だということ。

それに、ここにいたら、すぐに体重がふえそうなことだ。

身持ちの悪い女にネリダが毒を盛るつもりでなければの話だが。

タムシンは顔をしかめた。

「気に入ったかい？」マルコスのグレーの瞳がじっと見つめた。まるで料理のことをきいているのではないかのようだ。タムシンは引きこまれてぼうっとしかけた。

あわてて頭を振って我に返ろうとする。私は彼が言うとおり、愚かで軽薄な女なのかもしれない。そうでなければ、こんな冷酷で無情な男に惹かれたりするだろうか？

タムシンは食事に集中しようとした。

「おいしいわ」そう答えながら、料理をどんどん口に運ぶ。「すばらしい家政婦さんね」

そのあと一時間ほど、タムシンは精いっぱいの笑みを浮かべながらマルコスの話を聞き出そうとした。なぜ自分を誘拐したのか、これからどうするのか、兄とアジズに復讐しようとする理由はなにか。だが、さっきまでの態度とは裏腹に、マルコスはほとんどしゃべらず、計画の詳細も明かそうとしない。まるで壁に向かって話しているようだ。彼に口を開かせようと、タムシンは必死に話題をさがした。旅行、ビジネス、サッカー。しかし、ついにあきらめた。

これほど頑固な男は見たことがない。それとも、私のやり方がいけないのだろうか。

もういい。タムシンはむっとした。好きなようにすればいい。そして、そのまま黙りこくって食事を続けた。

それでもマルコスは気にするふうもない。

「おなかがすいていたんだな」皿がからっぽになったのを見て、彼が言った。

「誘拐されればおなかくらいすくわよ」タムシンはそうつぶやいてから、思わず笑ってしまった。

「鴨のお代わりをどうだい？　デザートは？」

食事の間じゅう黙りこんでいたマルコスがようやく口をきいてくれた。けれど、これ以上鴨を食べたら、シックなドレスがはじけそうだ。トラックスーツを着ていたらよかったのに。「ありがとう、でも、けっこうよ。欲しいものはほかにあるの」

マルコスが眉を上げた。「自由と、モロッコに戻るフライトのチケットかな？」

タムシンは図星を指されて作り笑いをした。だが、本心に気づかれてはならない。首を横に振りながらテーブルの上で腕を組み、真剣な表情を装った。「兄とアジズがあなたを怒らせた理由を知りたいの」

マルコスは一瞬、話してくれそうなそぶりを見せたが、気が変わったようにタムシンに向かって手を差し伸べた。「外へ出て景色を見るといい」

タムシンはしぶしぶナプキンを置き、マルコスに手を引かれてバルコニーへ出た。

「谷から海まですべて見渡せる。あの明かりが見えるかい？　エル・プエルト・デ・ラス・エストレリャス村だ。昔は密輸業者や海賊や盗賊たちの巣窟《そうくつ》だった」

「今もそのようね」タムシンは言った。

黒いまつげが伏せられた。「そうだな、君が来たからには。ウィンター一族は嘘つきの泥棒だ。君のフィアンセはさらに悪い」

タムシンは言い返そうとして思いとどまった。喧嘩《けんか》をするのは得策ではない。それに……彼の言い分は当たっている。

異母兄はたくさん嘘をついた。とくに、ニコールの面倒をみてくれるという約束を破ったことは許せない。アジズのことはあまりよく知らないけれど、結婚したあとも愛人とは別れないだろう。最初の妻は命を奪われている……。

二人が立つ広い石のバルコニーに谷からの冷たい風が吹き寄せてくる。カクテルドレス姿のタムシンは震えた。マルコスがためらわずに抱き寄せる。

「君がここに来てくれてうれしいよ」彼は静かに言った。

タムシンは思わず温かい腕に体を寄せた。考え違いだったのだろうか？　ことによると、彼には私の一族を憎むだけの正当な理由があるのかもしれない。私の異母兄も婚約者も多くの敵を作ってきた。私自身、二人を軽蔑している。もしかしたら、彼を罠《わな》にはめて逃げようとするのは間違いなのかもしれない。真実を話して、アジズと結婚しなければならない理由を説明したら、助けてくれるかも……。

「君は僕にとって手榴弾《しゅりゅうだん》のピンのようなものだ」マルコスは硬い笑みを浮かべた。「君なしでは、アジズ・アル・マグリブとシェルダンを破滅させることはできない」

彼は私をだしにしようとしているのだ。顔には出さなかったが、タムシンは煮えくり返る思いだった。向こう脛を蹴《け》りつけてやろうか。あるいは、一瞬とはいえ彼を信じようとした自分を責めるべきか。

それにしても、なぜ彼に惹かれるのだろう？　彼は海のようにとらえどころがない。美しい瞳が潮のように暗い深みへと私を引きこもうとする。

「温かくなったかい？」

「ええ」タムシンはマルコスを見つめた。月が灰色の雲に隠れているので、明かりは背後のダイニングルームのキャンドルしかない。キャンドルの光はマルコスの黒髪を後光のように縁取り、顔は影になって見えなかった。

堕天使。タムシンはまたしてもそう思った。

マルコスの視線がタムシンにそそがれた。「夜になると大西洋から冷たい風が吹いてくるんだ」

海のかなた、雲に隠れた月がちらりと見えたような気がした。そのとき、角ばった固いものが腰に触れた。見ると、マルコスのポケットから銀色のものがのぞいている。

携帯電話だ！

電話があればアジズに連絡できる。アジズは叔父のヘリコプターで迎えに来てくれるかもしれない。寄宿学校時代からの親友、ビアンカとデイジーに連絡してもいい。お金持ちのビアンカの一族はニューヨークとロンドンに自家用ジェット機を持っている。アジズのヘリコプターかビアンカのジェット機があれば、今夜じゅうにモロッコに戻れるのだ。

マルコスの携帯電話を手に入れなければ。

でも、どうやって？

キスをすればいい、と心の中の声がささやいた。彼が私を抱き締めるように仕向けて、ポケットから電話を抜き取ればいい。それでアジズに電話をかけて、さがし出してもらおう。完璧だ。

うまくできるだろうか？

マルコスにキスをする？　タムシンはそわそわと唇をなめた。キスをされたことはあっても、自分からしたことはない。マルコスは経験豊富なようだ。私とは違って。

タムシンはどうにか勇気をふるい起こすと、マルコスの手を握った。「兄とアジズはなにをしたの？」

ほっとしたことに、マルコスは手を離そうとしなかった。「なぜ何度もきくんだ？　気になるのか？」

「私も二人が嫌いだからよ。ひどいことをしたの。私に対してだけでなく、私の愛する人に対して」

キスして。マルコスを見あげながら心の中で祈る。どうかキスして。

見つめられ、抱き寄せられて、タムシンは自分の企《たくら》みを忘れそうになった。頭にあるのは、二人とも同じ男たちを憎み、キスを望んでいるということだけ。

ゆっくりとマルコスの胸を両手でなぞった。麻のシャツを通して筋肉の形と心臓の鼓動が感じ取れる。「話して。二人がなにをしたのか。あなたがどうやって復讐しようとしているのか」

マルコスがタムシンの手をつかんでやめさせた。ハンサムな顔に残忍とも言える表情が浮かんでいる。

キスして。タムシンはもう一歩近づき、体をマルコスに押しつけるようにして顔を上げた。彼のほうがずっと背が高い。その瞬間、ジャスミンの香る夜気の中で彼女はすべての恐れをかなぐり捨てた。

「あなたは一人じゃないわ、マルコス」彼の頬に頬を押しつける。粗い肌触りだ。タムシンは唇を耳に寄せてそっとささやいた。「私に手伝わせて……」

マルコスが息をのみ、彼女を押しやった。「そんなことをしてもむだだ」

「なにがむだなの？」タムシンは自分の熱い思いにとまどいながら尋ねた。キスされたい、彼と唇を合わせたい。そのことしか考えられない。

「おもしろ半分に気を引いたら、僕が夢中になって君を逃がすとでも思ったのか？」

頬がかっと熱くなった。読まれていたのだ。油断させておいて、隙をついて逃げるつもりだったことを。「いえ、私は……」

「僕はそれほどばかじゃない。偽りのキスで君を逃がすようなことはしない」

なにが言いたいの？　タムシンは動揺してマルコスを見つめた。でも、ひるんでいる場合ではない。考えている暇はないのだ。なんとかしなければ。なにを引き換えにしてもいい。タムシンは深く息を吸った。「キス以上のものをあげると言ったら？」

「君の体ということか？」それがタムシンにとってなにを意味するかも知らず、マルコスはせせら笑った。「君を手に入れたいと思ったら、僕のほうから口説き落とすだろう。簡単にね」

「そんなことはないわ！」

暗く陰った瞳が冷ややかにタムシンを見つめる。「わかりきったことだ」

タムシンは歯ぎしりした。未経験ゆえに、彼を求める気持ちをあらわにしてしまったのかもしれない。でも、それを認めるくらいなら死んだほうがましだ。「言っておくけど、私はあなたよりずっとすてきな男性たちを拒んできたわ。ずっとハンサムでお金持ちで、頭の切れる男性たちよ」

「そうかな？」マルコスはタムシンの顎に手を添えて仰向かせた。「それじゃ、僕が君にキスをしても、なにも感じないというわけか?」

「ええ、なにも」タムシンは挑むように言い返した。

「本当だな?」マルコスは両腕をタムシンにまわすと、ゆっくりと顔を近づけ、二人の唇が触れ合いそうなところで動きをとめた。「これでも?」

彼の息を感じる。ブランデーの甘い香りがする。凍りついていた自分の唇がうずいて熱をおびるのがわかった。「ぜんぜんなにも感じないわ」

「これでは?」

マルコスが熱い腕で抱き寄せた。キスをされた瞬間、血がたぎり、体じゅうが炎に包みこまれた。手足に力が入らない。心のどこかで叫ぶ声がぼんやりと聞こえる。キスをされている隙になにかすることがあったはずだ。なにか。

石の手すりに押しつけられたタムシンのあらわな背中をマルコスがやさしくなぞっていく。彼の腰の動きを感じて、タムシンは唇を合わせたまま吐息をついた。もうなにもいらない。なにをするはずだったのだろう? 彼に体を押しつけること? 抱きあげてもらうこと? 体を重ねて、同い年の女性たちがとっくに知っている謎をついに経験すること? 目がくらみそうだ。タムシンは落ち着こうと努めながら、マルコスの腰に手を置いた。ポケットに入っている携帯電話が手に触れる。思い出した。

彼の携帯電話だ。

あとでいい、とタムシンはぼんやり考えた。キスを十分に味わってからでも間に合う……。

だがそのとき、先月見たニコールのやつれた顔が頭に浮かんだ。マルコスを憎むべきだ。その冷ややかな傲慢さを、私を誘拐して監禁していることを。

それなのに、どうしてキスをやめられないのだろう？　タムシンは勇気をふるい起こして携帯電話をポケットから抜き取り、体を離すと、彼の目をじっと見つめて嘘をついた。

「なにも感じなかったわ」

マルコスがまばたきした。「嘘だろう」声がかすれている。

「私はウィンター家の人間よ。あなたが言ったように嘘つきの泥棒だわ。塔に閉じこめたほうがいいかもしれないわね」そう言いながらあとずさりする。

「たぶんな」マルコスは髪をかきむしった。

タムシンは背を向け、一瞬、獲物を手に入れることに成功したかと思いかけた。しかし、そこでマルコスがタムシンの握った拳《こぶし》をつかみ、再び手すりに押しつけた。「待て」

「なんなの？」心臓が高鳴る。このままでは携帯電話を隠していることに気づかれてしまう。

マルコスがタムシンの耳元にささやきかけ、感じやすい耳たぶに唇が触れると、熱い血が体じゅうを駆けめぐった。「君の誘惑の手並みは噂《うわさ》ほどではなかったな。残念ながらとうてい巧みとは言えない」

まあ！　タムシンは屈辱と怒りに体を震わせた。「キスしたのはそっちのほうじゃないの！」

マルコスが冷たく笑う。

「君の反応を見たいと思ったのでね。もうわかった。ちょっと気を引いただけで、君は僕のベッドに倒れこむだろう。だから、もう自分の体を売り物にはしないことだな。ただで手に入るものなんだから」

侮辱に刺激されて思わぬことを口走る前に、ここを去らなくては。タムシンは携帯電話を隠したまま手を引っこめ、拳をドレスに押し当てながら憤然と言い放った。「あなたと一緒にいるくらいなら、塔に閉じこめられたほうがずっとましだわ！」

「いいだろう。僕ももう……」タムシンの拳をつかむマルコスの手に力が入った。「なにを持っている？」

「なにも」

「嘘をつけ！」手をこじ開けて携帯電話を見つけたマルコスは、大声で笑いながらそれを取りあげた。「この雌狐《めぎつね》め。思ったよりずる賢いようだな」

ずる賢い？　タムシンは胸が悪くなった。私の負けだ。冷酷なけだものを相手に必死の思いでほほえみ、たわむれるふりをしてきたのに、すべてが水の泡だ。

だが、こちらの失望に気づかれてはならない。喉のつかえにもめげず、タムシンは顎を上げてマルコスをにらみつけた。「目的でもなければ、キスなんかするはずがないでしょう。あなたの近くにいるだけで鳥肌が立つのに」

マルコスは薄笑いを浮かべ、怒りに瞳をきらめかせたが、そこには別のなにかもひそんでいるようだった。苦しみだろうか。「もう少しで君の芝居に引っかかるところだった。〝あなたは一人じゃないわ、マルコス〟」タムシンの口調をまねてみせる。「骨の髄までウインター一族――嘘つきの泥棒だな。アジズを嫌っているという言い分まで信じるところだった」

「それは嘘じゃないわ！」タムシンは叫んだ。

「そう、一刻も早く彼のベッドへ行きたいと思うほど嫌っているというわけだ。たぶん、僕のベッドを出たすぐあとになるだろうが。教えてくれ、どうやったらおおぜいの恋人を整理しておけるんだい？　何人もの男と毎日ベッドをともにしていたら、収拾がつかなくなるだろう。男たちにチケットでも渡すのか？　それとも、ただベッドルームのドアの前に並ばせておくのかい？」

タムシンはあえぎながら、マルコスの頬を思いきりたたいた。

3

マルコスは痛む頬に手を当てた。当然の報いかもしれない。

だが、彼女は僕を、ギターでもつまびくようにもてあそんだ。そして僕は、まんまとそれに引っかかったのだ。さっきのキスに酔わされてしまった。ヨットでのキスで予想はついたはずなのに。不覚にも、タムシン・ウィンターのことを意のままにできると思いこんでしまった。

しかし、そうはいかなかった。

「あやまってもらわなくては」タムシンが言った。

「そんな必要はない」

「私はふしだらな女なんかじゃないわ」

マルコスは鼻を鳴らした。

タムシンはかぶりを振った。「確かにロンドンではおおぜいの男性とデートをしたわ。生まれて初めてだれにも命令されずに暮らせるようになったから、思いのままに行動したの。評判なんか気にしなかった。夜中まで遊んだけど、デートの相手と恋に落ちたことは一度もないわ。そして一度も……」

「一度も、なんだ……？」

タムシンは顔をそむけた。「忘れてちょうだい」

その表情があまりに悲しげだったので、マルコスは思わず近づこうとした。慰めたい、いや、もう一度キスをしたいという気持ちを抑えられない。

なんてことだ！《ディオス・ミオ》　これも策略なのか？　この恥知らずめ。

マルコスは憤然として携帯電話を開いた。

「なにをするの？」

「もっと早くすべきだったんだが。シェルダンとアジズに、君を誘拐したことを知らせてやるのさ」マルコスは首をかしげて考えるふりをした。「どっちに先に電話すべきかな？」

「やめてちょうだい！」

「やめて？　ふつうの女性なら、家族や友達に電話してほしいと頼むところだろうに。助けに来てもらえるのではないかと期待してね」

タムシンは唇を噛《か》んだ。「助けに来てもらいたいわ。でも……」

「なんだい？」マルコスは番号を押しかけた。

「二人は助けに来ないと思うの」

「君が誘拐されても二人は気にもしないというのか？　そんなはずはない。君はアジズの婚約者でシェルダンの異母妹《いもうと》だ。自分たちの取り引きをふいにしたくはないだろう」

タムシンは目を見開いた。「知っていたの？」

「もちろん」マルコスはいらだった。「結婚がなければビジネスも成立しない。ウィンター・インターナショナル社は切り売りされて、シェルダンもアジズも破滅する」

「だから私を誘拐したのね」

話しすぎてしまったと悔やんだマルコスは、歯ぎしりしながらタムシンをにらみつけた。

「でも、シェルダンがシークを説得して、結婚抜きでの取り引きを成立させたら、あなたの計画は成功しないわ」タムシンは深く息をついた。「あるいはアジズがほかの結婚相手を見つけたら」

「それが君の願いというわけか。アジズと本気で結婚したがっているはずはないものな。あの男との暮らしがどんなものか、賢い君には想像がつくはずだ」

「でも、二人には私を必要としてもらわなければ。それが唯一の交渉材料なんですもの！」

「なんのための交渉材料だ？」

タムシンのブルーの瞳に、マルコスが初めて見る表情が浮かんだ。そう、懇願の色が。

「お願い、マルコス、アジズには私から電話させて」

「なぜだ?」

「彼のことはよく知らないけど、愛人がいるのは確かよ。私が結婚式に行かなかったら、その愛人と結婚してしまうかもしれない」

マルコスは眉を寄せた。「僕の調査では愛人がいる気配はなかった。アジズの周辺には、君とカミラとやつの妹しか女性はいない」

タムシンは顎を突き出した。「愛人がいるのは間違いないわ」

「そうだとしても、シークは身分の低い尻軽女を甥《おい》の花嫁にはしないだろう。君は別だが、もちろん」

タムシンは歯をくいしばり、手すりを握り締めた。「好きなだけ私を侮辱したらいいわ。でも、アジズには私から電話させてちょうだい。どんなにショックを受けることか」せがむような口調でつけ加える。「お望みなら怖がったり泣いたりしてみせるわ。虐待されているから助けに来てと頼んでもいいし」

「なにを考えているんだ? 今度はなにを企《たくら》んでる? やつに居場所を教えようというのか?」

「そう思うなら、あなたの目の前で彼に電話するわ。あなたが困ることはなにも言わないと約束する」

「理解できない……。嫌いな男と、どうしてそんなに結婚したがる?」

タムシンは唇を舌で湿した。「私なりの理由はあるけど、あなたに話すつもりはないわ。あなたが私に話さないように」

「それでは信用することはできない」マルコスはアジズの番号を押しはじめた。記憶に焼きついてしまった番号だ。「あまりに長く待ちすぎた――」

タムシンはいきなりその電話をひったくると、バルコニーから投げ捨てた。電話は宙を飛んでいき、椰子《やし》の林のどこかに落ちたようだ。

タムシンは目を大きく見開いてマルコスの顔を見つめた。不安なりにも固い決意を秘めているらしい。

マルコスのほうは、タムシン・ウィンターを浅はかな浮気女と見くびっていたのが重大な過ちだったと痛感していた。自分が主導権を握っているつもりだったのに、いつのまにか彼女の罠《わな》にはまっていた。

それにしても、彼女の目的はなんなのか？　なにを企んでいるのか？

これほど僕を魅了した女性は今までいない。こんなにも女性に夢中になったことはない。

「どうしてあんなことをした？」マルコスはゆっくりと尋ねた。

タムシンは作り笑いをした。「電話するなら九時以降にしたほうがいいわ。電話料金を考えてみて」

マルコスが肩をつかむと、タムシンは悲鳴をあげた。「なぜ僕の携帯電話を投げ捨てたんだ？」

「痛いわ！」

マルコスは怒りにまかせてタムシンを乱暴に揺さぶった。「言うんだ！」

「自分でアジズに電話したかっただけよ。ほかの人と結婚されては困るの。だから、どうしても私と結婚するように説得したかったのよ。そうでないと兄が――」

「シェルダンが？」

「私はアジズを愛しているの、わかった？　愛しているから彼と話したいのよ」

「嘘《うそ》だ！　アジズを愛しているわけがない。君は僕を誘惑しようとしていた。一晩じゅうずっと」

「そんなことはない――」

「どうするつもりなんだ？　シェルダンに連絡する方法はもう見つけたのか？」マルコスはまたタムシンを激しく揺さぶった。「やつは君がここにいることを知っているのか？　答えるんだ。さもないと――」

「お願い、やめて」タムシンは身をすくませ、両手で顔をかばった。

マルコスはタムシンを見つめた。彼女は震えていた。血の気が失《う》せ、黒いドレスからのぞく肌は真っ白に見える。

殴られると思ったらしい。ショックのあまりマルコスは手を離した。「君を痛めつけるつもりはない」

「好きなようにしたらいいわ」タムシンは弱々しく応じた。

マルコスはタムシンの顎をそっと上げさせた。目を合わせようとしない彼女の顔をキャンドルの方へ向けると、左の頬骨のところに傷跡が見えた。

「だれにぶたれた？　アジズか？」

「いいえ、アジズじゃないわ」

マルコスはすぐに理解した。「シェルダンだな。あいつが君をそんな目にあわせたのか」

唇を固く引き結んでいたタムシンがようやく目を上げた。その目は涙で潤んでいる。

「父はしじゅう私をたたいていたわ。でも、兄が私をぶったのは一度だけ」彼女はまるで鎧《よろい》のようにしっかりと腕を組んだ。「妹と一緒に逃げようとしたけど、モロッコ北部のタンジール郊外でつかまってしまったの。兄が私たちをタルファヤに連れていったのはそのためよ。サハラ砂漠と海にはさまれていて、結婚式まで逃げられないから」

「どうして逃げようとしたんだ？」

タムシンは答えない。

「アジズとの結婚を避けるためか？」マルコスは首を横に振った。わけがわからない。

「結婚したくないなら、どうして必死に戻ろうとする？」

「あなたを信じられないからよ。私を誘拐して、私の一族を破滅させようとしているんですもの。あなたにはなにも話さないわ！」

「結婚は取りやめだ。シェルダンにもアジズにも君を痛めつけるようなことは二度とさせない」

タムシンは顔をそむけた。「結婚したくないわけじゃないわ。この一週間で……アジズへの気持ちが変わったのよ。そう……私は望んでいるの」

「やつと結婚したいというのか？」

「ええ」

彼女は嘘をついている。態度を見ればわかる。寒くもないのに体が震えているのを見ても明らかだ。「だが、アジズには結婚歴がある。前の妻は殴り殺されてしまったんだぞ」

タムシンは乾いた唇を舌で湿した。「あれは事故よ。砂漠で馬に踏みつけられたの」

「ああ、事故だな。君がそうなっても事故で片づけられるだろう」息をのむ気配がしたが、マルコスは容赦なく続けた。「妹さんを残していくことになってもいいのか？　そんなに死にたいのか？」

タムシンの脚が震えだし、膝がくずおれそうになった。マルコスはすばやく椅子を引き寄せた。タムシンはよろよろとそこに座りこんだ。

マルコスはダイニングテーブルに置かれていたブランデーグラスをつかみ、タムシンの手に握らせた。「飲むといい」

「いらないわ」

「飲むんだ」マルコスは命じた。

タムシンはいっきに飲みほしてあえいだ。「まるで火をのみこんだみたい」

マルコスは椅子を引き寄せて彼女の隣に座った。しばらく二人とも黙ったままでいた。アンダルシアの暑い夜、苔《こけ》むした手すりごしに、揺れる椰子の林や遠くの村の明かりが見える。

「どうして急に私にやさしくなったの？」タムシンが静かに尋ねた。

いぶかしげな声音に、マルコスは思わず笑いそうになった。やさしくして非難されたのは生まれて初めてだ。彼は肩をすくめた。「君はお客だから」

「でも、私を破滅させたいんでしょう？」

「君の一族をね」

「私も一族の一人よ」

マルコスは歯をくいしばって闇《やみ》を見つめた。タムシンと妹、それにシェルダン・ウィンターに復讐《ふくしゅう》するつもりだったのは事実だ。ただ、姉妹はラミレス家の崩壊に直接かかわってはいない。妹のほうは生まれてさえいなかった。それでも彼は二人を憎んでいた。彼が失ったものをすべて持っているからだ。安定、我が家、富、家族を。

なにより家族を。マルコスは最後の休暇の情景を思い出して、拳《こぶし》を握り締めた。何事にも真剣で熱心だった弟のディエゴが、凧《たこ》を揚げようと砂浜を駆けおりていた。凧はなかなか揚がらなかったが、弟は必死だった。〝どうしてあなたはディエゴと違うのかしら〟凧を的にして石投げをしているマルコスに向かって、母がため息をついた。それから茶色の瞳を輝かせ、どんないたずら坊主でも愛していることをわからせるようにマルコスの頬にキスをした。

しかし、翌日、母は目を真っ赤に泣きはらすことになった。そしてその翌日には、一家全員が命を落とした……。

マルコスはその記憶を頭から押しやった。盗まれたものはほとんど取り返した。ベンチャーキャピタルの経営によって安定と富も手に入れた。マドリッドとニューヨークにアパートメントを、アルゼンチンに家を持っている。ガルフストリームⅣジェット機、高級車のアストンマーチン、ランボルギーニ、バイクのデュカティも所有している。望めば女性はいつでもやってくる。男が望むものはすべて手に入れた。

だが、どんなに金を使っても、むなしさは消えない。心の痛みは去らない。マルコスの願いは、復讐によって心の平和を得ることだった。

隣の女性をちらりと見やった。美しい顔が青ざめている。頬の傷跡は今は見えないが、あれがすべてをだいなしにしてしまった。高慢で甘やかされた女相続人に天罰を下してやるつもりでいたのに、目の前にいるのは、殴られ、傷つき、意に反して結婚させられようとしている娘だったとは。

さっきの話が嘘でなければだが。マルコスは歯をくいしばった。

「君を傷つけるつもりはない、タムシン」彼は冷ややかに言った。

「よくそんなことが言えるわね。もう傷つけているのに」

「アジズとの結婚をじゃましたことを言っているのなら、確かにそうだ。それを許すわけにはいかない。ぜったいに。僕を説得しようと思ってもむだだ」

「そんなことはしないわ」

「なぜだ？　やつを嫌っているからか？　それとも愛しているから？　どっちが嘘なんだ？」

タムシンはバルコニーの敷石を見つめた。「私が愛しているのは小さな妹だけよ。あんな子はほかにいない。捨てられた動物たちを拾ってきては面倒をみて元気にしてやったり、ホームレスの人たちにお金を分けてあげたり」マルコスを見あげ、まばたきする。「妹はもっといい家族に恵まれているべきなのに、私だけしかいない」

ディエゴも動物が好きだった……。小さな弟の記憶が押し寄せてきて、マルコスは息がつまりそうになった。ディエゴが犬を飼いたがって、一年かけて両親を説き伏せようとしていたころのことを思い出す。必要なものをリストアップし、犬の世話に関する本を読み、熱心に説得したおかげで、両親もついに降参した。ディエゴの誕生日の一週間前に、マルコスと両親は内緒で準備した。一家がスペインに戻ったらすぐ、犬をプレゼントすることにしたのだ。

だが、ディエゴは両親とともにロンドン郊外のM25環状道路の衝突事故で命を落とし、犬を飼うことはついにできなかった。ディエゴが事故のあとも一時間生きていたことを、マルコスはあとで知った。幼い弟のその一時間の苦しみを思い、今も苦悶《くもん》しつづけている。そばにいて手を握っていてやりたかった。さよならを言いたかった。

代わりに僕が死ねばよかった。

マルコスは突然立ちあがった。

「さあ、私は本当のことを話したわ」タムシンが静かに言った。「あなたが私をここまで連れてくるほど、アジズと兄に復讐したがっている理由を教えてちょうだい」

「そんなことは問題じゃない」マルコスは冷たく言い放った。「重要なのは、やつらが報いを受けるべきだということだ。ウィンター・インターナショナル社が倒産しかかっている理由を考えてみたことはないのか？　シェルダンは実業家としては最悪だが、この五年間に経営が悪化したのは僕のせいもある。シェルダンの債務を買い取り、競争相手を助けて、株主の耳に経営陣についての批判を吹きこんだ。アジズの投資は全部ごみになり、ギャンブルにはすべて負けるよう仕組んでやったのさ」

「兄を破産に追いこもうとしているのはあなただったの？」タムシンは眉をひそめてマル

コスを見た。「それでもこの何カ月間か、兄が贅沢《ぜいたく》な暮らしを続けられたのはなぜだかわかる？」

「知るものか。借金でもしたんだろう。アジズと同じで、シェルダンも地位と金にしか興味がない。殺してしまったほうが話は早いが、大切なものを失うつらさをやつらに思い知らせたかった。財産を奪って破産に追いこむ。そして、死ぬまで後悔して暮らしてもらうのさ」

バルコニーの縁に立ち、石の手すりを握り締めながら闇を見つめていたマルコスは、耳元で聞こえた冷ややかな声に飛びあがりそうになった。

「あなたも同類だわ」

「なんだと？」彼は憤慨して振り返った。

「あなたも身勝手で冷酷よ。望むものを手に入れるために罪のない人々を傷つけ、踏みつけてきたんだから」

「だれを？　たとえば君か？」

「いいえ」美しい瞳が悲しげにマルコスを見た。「私は自分の面倒くらい自分でみられるわ」

なにが言いたいんだ？　心理戦で翻弄《ほんろう》されるのはもうたくさんだ。この美しく腹立たしい女性と一緒にいて心をかき乱されるくらいなら、監獄にでも入ったほうがましかもしれない。「それで、君はまだここから逃げるつもりなのか?」

「ええ」タムシンがまっすぐにマルコスを見つめた。「ここにいるつもりはないわ」

「それなら手伝ってやろう。ネリダに城内を案内させるから、逃げ道をさがすといい」マルコスは何歩か歩いて振り返り、硬い表情で笑った。「だが、言っておくぞ、タムシン。あんなキスは二度としないことだ。もしまたしたら、僕はもう自分を抑えないだろう。紳士的にはふるまわない。また近寄ったら、君をただではおかないから」


タムシンは一人でバルコニーをいらいらと歩きまわっていた。手すりから下を眺めても真っ暗で地面すら見えない。この壁を伝って下りることは不可能だ。

だが、マルコスは初めてミスを犯した。家政婦に城内を案内させたのだ。おかげで間取りが頭に入った。うまくいけば今夜にも逃げ出せるかもしれない。

スミス・カレッジで中世建築を学んだタムシンは、家政婦に案内されながら、この城がムーア様式で建てられ、数百年にわたって何度も増築されて近代設備を整えたことを理解した。マルコスの最大の関心事は警備らしい。迷路のような廊下のいたるところに警備員が立っている。アクセス番号がないと城外に電話もかけられないくらいだ。

家政婦に案内させたのはマルコスのねらいどおりだった。逃げ道がないことを思い知らされたからだ。

でも、なんとかして逃げてみせる。肖像画の並ぶ廊下を歩いているとき、タムシンはネリダにきいてみた。「とても古い建物のようね？」

「ええ」ネリダがそっけなく答える。

「これだけ古いといろいろいわくもあるんでしょうね。亡霊とか、幽閉とか」タムシンは期待をこめてつけ加えた。「古い抜け穴とか」

「一つありますけど、そこはお見せできません」

「あら、どうして？　ぜひ……」

家政婦は心得顔でうなずいた。「セニョール・ラミレスの寝室に入口があるからです。旦那《だんな》様の寝室にはご案内しなくても、ご自分で行かれるかもしれませんけど」なまりのある英語が皮肉っぽく響く。「ここがお客様の寝室です」ネリダは両開きのドアを開くと、タムシンがなにか言う前に立ち去った。「ご用があったらお電話ください。おやすみなさいませ」

寝室は地下牢《ろう》どころか、五つ星ホテルのようだった。豪華なブルーの天蓋《てんがい》で飾られた古めかしい四柱式ベッドが置かれ、暖炉の上には液晶テレビがある。壁の棚にはさまざまな言語の革装の本が並んでいた。

タムシンはランプをつけてクローゼットの中をのぞいた。ちょうどいいサイズの新しいドレスがずらりとかかっている。パパラッチに写真を撮られたときに着ていたような華やかなドレスばかりだ。ロンドンの家の自分の衣装だんすを見ているような気がする。なんだか薄気味悪い。

マルコスはいつから私を見張っていたのだろう？

雨が窓ガラスをたたき、部屋じゅうに音が響いた。タムシンは窓を開けて、雨のにおいのする空気を胸いっぱいに吸いこんだ。遠くに海のとどろきが聞こえるような気がする。椰子の林が目の前に見えた。椰子の木に手が届けばいいのに。

タムシンは目を閉じた。マルコスはあらゆることを考慮しているようだ。仮に城から出られたとしても、どうやってアジズに連絡すればいいのだろう？　携帯電話もパスポートもお金もないのに。

ニコールは今ごろどうしていることか。異母兄とカミラはまだタルファヤにいるのだろうか？　それとも、砂漠の中のシークの宮殿《カスバ》へ行ったか、イギリスに戻っただろうか？

ニコールは私が誘拐されたことを知っているかしら？　きっと怖がっているに違いない。

暗い屋敷に足を踏み入れたとき、ニコールが泣きながらすがりついてきたことを思い出す。妹が独りぼっちで苦しんでいたことを思うと、母を亡くした悲しみをもう一度味わうほどつらい。でも、今回の苦しみは病気のせいでもなければ、冷酷な父親のせいでもない。異母兄とカミラがすべての原因だ。浅はかで冷酷な夫婦。あのときヨークシャーにさがしに行かなかったら、妹はどうなっていたのだろう？

タムシンは拳を握り締めた。異母兄、カミラ、アジズ、マルコス……傲慢《ごうまん》で身勝手な連中が憎い。自分たちの戦いに私とニコールを巻きこむなんて。ゆっくりと拳を開くと、てのひらはまだヘナで描いた花嫁の飾りでおおわれていた。

怒りにまかせて雨の中に手を突き出してから、グッチのドレスに乱暴にこすりつけた。ヘナの飾りは消えなかったが、色が少し薄くなった。もう一度手を伸ばし、窓枠に頭をもたせかけて、開いた窓から外を見た。砂と潮にまみれて過ごした一日のあとで、雨水が冷たくさわやかに感じられる。

そこで、目を大きく見開いた。闇の中、銀色に光るものが急傾斜の屋根の端からぶらさがっている。

次の瞬間、タムシンは靴を脱ぎ捨て、窓を大きく押し開けた。つるつるのタイルの屋根をよじのぼると、雨が体を強く打ち、髪やドレスが肌に張りついた。屋根から落ちて岩にたたきつけられる事態はどうにか避けられた。タムシンはあえぎながら室内に戻った。

手の中の戦利品をまじまじと見つめる。それが魔法のランプで、こすったら魔神が出てきて、三つの願いをかなえてくれるとでもいうように。

願いは三つも必要ない。一つだけでいい。体から白い敷物の上に雨水がしたたり落ちるのもかまわず、タムシンは裸足《はだし》のまま、マルコスの携帯電話を使ってモロッコの番号に電話をかけた。

マルコスは両手から泥と木屑《きくず》を払い落とした。寝室の古い石の暖炉の中で炎がはじけ、雨のにおいを追い払っていく。この一時間で気温が下がったようだ。壁の時計を振り返った。

タムシンと別れてから一時間近くたっている。城の中は見ただろうか？　もう眠っただろうか？

ベッドで眠るタムシンのイメージがハリケーンのように頭の中を駆け抜けた。赤い髪が枕《まくら》に広がり、魅惑的な曲線を描く白い体が柔らかなシーツの上に横たわるイメージが。彼女はすぐ近くにいる。いつでも手に入る。いや、すでにこの腕の中に身を投げ出してきたではないか。

マルコスはシャツのボタンを乱暴にはずした。この復讐計画には二十年もの歳月を費やしてきた。すべてを棒に振ってタムシン・ウィンターとベッドをともにするなんて常軌を逸している。

彼女は僕を罠にかけようとしたのだから。なのに、僕は彼女に惹《ひ》かれている。ベッドをともにしたい。今夜。今すぐ。

バルコニーでキスをしたとき、彼女は情熱を隠そうともしなかった。彼女の心はあの赤い髪のように熱い。それをもっと感じたい。自分のものにしたい。

彼女も異母兄を憎んでいるようだ。同じ敵を持つ同士で手を組んだらどうだろう？　敵の敵は味方ということわざもある。

だがこれは、彼女を欲するあまりの言い訳かもしれない。彼女をできる限り遠ざけておかなければ。

彼女はたくさん嘘をついているし、まだ隠していることがありそうだ。

マルコスはシャツをまるめて床に投げ、靴を脱ぎ捨てた。ベッドに座り、窓をたたく雨を見つめる。彼女に近づきすぎると事が複雑になるばかりだ。集中しなければ。彼女にアジズへの電話をかけさせたら、むだなリスクを冒すことになる。

二人の男たちには僕から電話をかけて、タムシンを誘拐したこととその理由を告げよう。この瞬間を長年夢に見てきたのだ。もう延ばせない。

マルコスはナイトテーブルの上の電話に手を伸ばしたが、バルコニーでのタムシンの苦しげな表情を思い出してためらった。自分の優柔不断さに腹を立てながら、ベッドから立ちあがり、部屋の中を歩きまわる。床板が裸足に冷たく、暖炉の火が胸に熱く感じられる。

電話を見おろしたマルコスは、いらだちに髪をかきむしり、唐突に踵《きびす》を返して部屋を出た。考える余裕もなく廊下を横切り、タムシンの部屋のドアをあわただしくノックしてから押し開けた。

そのとたん、大きく目を見開いた。

タムシンは開いた窓の前にずぶ濡《ぬ》れで立っていた。ドレスと髪が肌に張りついている。目の縁にはアイライナーが黒くにじみ、まるでホームレスのような姿だ。マルコスは大股に部屋を横切った。抱き締めたタムシンの体は震え、肌は冷えきっていた。

彼は低い声で言った。「どうしたんだ?」

一瞬、間があった。タムシンは歯の根が合わないほど震えている。「私……逃げようとしたの。窓を乗り越えて椰子の木に飛びつこうと思って」

表情がどこかおかしい。嘘をついている、とマルコスは直感した。椰子の枝は細すぎて猫でも支えきれまい。それに、屋根からは三メートル以上離れているから、飛びつくのは自殺行為だ。

それにしても、なぜ嘘をつくのだろう? 逃げようとしたこと以外に、なにを隠す必要があるのか?

「一緒に来るんだ」

「いえ、大丈夫よ。本当に――」

マルコスはかまわずタムシンの腕を取って廊下を横切り、自分の部屋へ連れていった。暖炉の真ん前にタムシンを立たせ、背中に自分のむき出しの胸を押し当てて温める。彼女の体は氷のように冷たかった。それから火の前の椅子に座らせ、近くにあった毛布でくるんだ。

「大丈夫よ」タムシンはまだ歯を鳴らしている。

マルコスは彼女を柔らかいクッションにもたれさせ、インターコムを押した。

「はい、旦那様」ネリダの声が即座に答えた。

「お客のためにタオルを持ってきてくれ。すぐにだ」マルコスはスペイン語で言った。

「彼女の部屋にですか？」

「いや、僕の部屋だ」

間があった。

「ネリダ？」

「わかりました《シ》」

振り返ると、タムシンの顔に警戒の色が浮かんでいた。「なにか問題があるのか？」彼は尋ねた。

「あ……いえ、ただ、なんの話かと思って」

一瞬とまどったマルコスは、タムシンがスペイン語を話せないふりを続けているのを思い出した。油断させておいてこちらの話を盗み聞き、逃げ道をさがすつもりなのだろう。うまい戦略だ。だが、彼は嘘をつき合っていることが急にいやになってきた。

タムシンと膝が触れ合うほど近くに立ち、険しい表情で見おろす。「タムシン、君がスペイン語を話せることは知っている」マルコスはスペイン語で言った。

「話せないわ」タムシンが英語で言い返す。

マルコスは笑いを噛《か》み殺した。「僕はミス・ポーターズ・スクールとスミス・カレッジの成績表を見たんだ。君はスペイン語を八年間学んで優秀な成績をおさめた。だから、知らないふりはやめてくれ」

タムシンは表情を険しくした。「どうやって成績表を手に入れたの?」

「それは問題じゃない」

「私のことをスパイしただけでもひどいのに、成績表まで盗み出したわけ? あなたには節度というものがないの?」

「ないね。僕は二十年かけてこれを計画してきたんだ。君のことならなんでも知っている。化学で落第点をとったことも、好みの服も、結婚式へ向かう車のルートも。シェルダンが会社を維持するために君の結婚がいかに重要であるかもね」

「ええ、そうね。でも、あなたはすべてを知っているわけじゃないわ」タムシンはつぶやいた。

「僕の知らないことがあるとでもいうのか?」

タムシンははじける火を見つめたままだ。

マルコスは彼女の肩をつかんだ。「僕の知らないことがなんなのか言ってみろ!」

「なんでもわかるんでしょう？　自分で考えたらいいじゃないの！」タムシンは彼の手を振り払った。

「教えてくれ」マルコスは前かがみになり、タムシンに顔を近づけた。

髪やメイクアップが崩れていても美しいと、マルコスは感嘆した。まるでおとぎ話のプリンセスのようだ。髪は燃えるように赤く、肌はピレネー山脈の雪のように白く、瞳はアンダルシアの空のように青い。男に現実を見失わせる女性だ。まばたき一つで何百年もの時を忘れさせてしまう。

ガールフレンドはこれまで何人かいたが、純真さと魅惑がこれほど完璧《かんぺき》に融合した女性に出会ったのは初めてだ。それがマルコスをいらだたせ、興奮させ、理解しがたい渇望を覚えさせていた。彼は雑念を払おうと首を振った。

これは単なる欲望ではない。もっと深い根源的な感情だ。

しかし、すぐにそんな思いを押しやった。僕はいったいどうなってしまったのだろう？彼女が欲しい、ただそれだけだ。いったんベッドに入ってしまえば、彼女もほかの女性と同じだろう。

彼女を誘惑するのに理由なんかいらない……。

マルコスはタムシンの顎に手を添えて仰向かせた。

「なにも言わないわよ」タムシンがささやいた。

ふっくらした唇の動きにマルコスは見とれた。

「君はきっと話すだろう」彼女の頬を指先で撫《な》でる。「僕の知りたいことをすべて話して、もっと話させてほしいと懇願するだろう」

マルコスはゆっくりと顔を近づけて唇を合わせた。タムシンの喉の奥から低い声がもれた。彼はそこで動きをとめ、タムシンを見おろした。

彼女がぼんやりとこちらを見ている。

「なにをしたの?」タムシンはとまどい、おびえているようだ。「こんなふうにキスされたことは今までないわ。だれからも。なんだか怖い……」

「そうか」マルコスは再び主導権を握ったことに安堵《あんど》した。一瞬、気持ちのバランスを失いかけたからだ。魂を盗む妖精《ようせい》と百年の物語の詩的なイメージが頭をかすめた。アイルランド系アメリカ人だった母から昔聞かされた話だ。幸せだった子供時代に聞いた物語はあまりにもつらすぎるから、思い出さないようにしてきた。

だが、今はそんなことを心配する必要はない。セックス、情熱、欲望――なじみのことばかりだ。すべては僕の掌中にある。

彼女を誘惑すればそれでいい。ベッドに運んで無力さを思い知らせればいい。そして、秘密をさぐり出すのだ。

僕はさっき彼女に、あんなキスは二度とするなと言ったはずだ。だから抵抗されても不思議はなかったのに、彼女は情熱的に応《こた》え、この腕の中で吐息をついた。僕を強く求めた。だから、聖人のように自分を抑えつける必要はない。彼女だって無垢《むく》な乙女というわけではないのだ。ベッドをともにしたからといって、彼女の婚約者と異母兄に復讐する計画を変える必要はない。復讐は必ず果たしてみせる。

彼女を誘惑すればむしろ、復讐の味がそれだけ甘くなるかもしれない。許嫁《いいなずけ》を奪われたと知ったときのアジズの顔を思い浮かべ、マルコスは笑みをもらした。

ドアがノックされた。ネリダが上等の白いタオルとマッチの箱、それに薔薇《ばら》の花びらの入ったボウルを持って入ってくると、バスルームに行って湯の栓を開けた。ネリダはそのまま出ていき、わざとらしく咳《せき》払いをしながらうしろ手にドアを閉めた。

マルコスはタムシンの体から毛布をはずすと、手を取って立ちあがらせた。

タムシンは室内を熱心に見まわしていたが、マルコスがドレスを脱がせようとすると、ひるんだような表情を浮かべた。

「手伝わせてくれ」マルコスはそっと言った。

「お風呂に入るのを手伝ってくれるの？」

「温まったほうがいい。体がずぶ濡れで冷えきっている。今日は君にとって大変な一日だったが、それは僕のせいでもあるから、埋め合わせをさせてほしいんだ」

「それがあなたとベッドに行くという意味なら、そのつもりはないわ」マルコスにドレスを脱がされながらも、タムシンは言い張った。

マルコスは手をとめた。「それなら部屋に戻るがいい。僕は引きとめない」

タムシンはタイルの壁と塗装された壁板を見つめつづけている。怖くて目を合わせられないのだろうとマルコスは考えた。しかし、彼女がこちらを向いたとき、その理由がはっきりした。

「いいえ。私は今夜、あなたとここにいたいの」

タムシンの率直さはマルコスを驚かせ、そして喜ばせた。頭のどこかでは、ここで一夜を過ごして逃げ道をさがすつもりではないかと怪しんでもいたが。それでも、誘惑には抵抗できそうになかった。

彼女が欲しい。完全に僕のものにしたい。彼女の秘密をすべて知りたい。体も……そして心も。

濡れた髪を片側に寄せ、ホルターネックの紐《ひも》をほどいて、背中のファスナーをゆっくりと下ろす。指の下で彼女が震えているのがわかった。それとも、震えているのは僕の指なのか？　いや、そんなことはありえない。この僕が情事に心を乱すことなどあるはずがない。これまでいつもセックスを心ゆくまで楽しみ、忘れてきたのではないか。

ドレスが床に落ちた。あとは下着だけだ。

マルコスは息をのんだ。天女のような、えも言われぬ美しさだった。豊かな胸、完璧な腰の曲線、両手におさまりそうな細いウエスト。思わず抱き締め、白いレースの下着をはぎ取って、胸を、唇を、そして、体を合わせてタムシンを温めたくなる。

ブルーの瞳に浮かんだ不安げな色からすると、急がないほうがよさそうだ。彼女はまだ震えている。寒さゆえか、不安ゆえか、その両方か。

ゆっくりでいい。

まずは彼女を落ち着かせよう。

それから行動に移ればいい。

もちろん、ゆっくりでいい。マルコスは皮肉っぽく考えた。いずれにしても、彼女を自由にするつもりは毛頭ないのだから。どんなに頼まれても。彼は曲線を描く白い体と誇りに満ちた美しい顔を眺めながら、この女性を決して手放すまいと心に決めた。

4

さっきまでは凍えそうに寒かったタムシンだが、今は燃えるように熱かった。

マルコスの手が体をなぞり、グレーの瞳が欲望にきらめく。浅黒い指がタムシンの腰へとすべっていったかと思うと、白いショーツを床にそっと落とした。彼は膝をついたままタムシンを見あげ、ため息をついた。「なんて美しい《ケ・ベジエーサ》」

だが、タムシンの頭にあるのは、男性の前で初めて裸になったということだけだった。それは覚悟していたとおりだ。ただ、アジズの手によって闇《やみ》の中で体を奪われるはずだったのに、まったく違うなりゆきになった。

暖炉の火がマルコスの体を温め、筋肉質の引き締まった胸の輪郭を照らし出している。彼は美しい……私の堕天使。マルコスがスペイン語で愛の言葉をささやきながら立ちあがり、ゆっくりとタムシンの体に唇を触れた。

タムシンは目を閉じた。あらがうことも動くこともできない。何時間か前に会ったばかりの一族の敵なのに、こうして抱かれているなんて。私はどうなってしまったのだろう？

でも、どうすることもできない。タムシンは自分に言い聞かせた。さっき電話で事情を話すとアジズは激高し、傭兵《ようへい》隊を送って自分の名誉を傷つけた男を殺すと息巻いた。マルコスのことを心配するわけではないが、罪のない使用人たちが巻き添えをくうのは不当な話だ。あの失礼な家政婦だって、撃ち殺されてしまうのはひどすぎる。

だから、アジズが誘拐犯の名前と居場所をきいたとき、タムシンは知らないと答えた。城の場所を知らないのは事実だから、あながち嘘《うそ》とは言いきれない。それでも、夜明けにアジズとエル・プエルト・デ・ラス・エストレリャス村で落ち合う約束をした。

あとはこの城から逃げ出せばいい。

幸い、どういう風の吹きまわしか、マルコスが寝室に招き入れてくれた。家政婦が言ったように、ここに秘密のトンネルが本当にあるのなら、運命のめぐり合わせというべきだろう。彼を油断させ、トンネルを見つけて村へ逃げればいい。

マルコスに純潔を奪われたとしても、それが必要とあらばしかたがない。ニコールのためなら、どんなことでも犠牲にするつもりだ。

でも、とタムシンは思った。これは犠牲なのだろうか……。

たくましい手で肌に触れられ、タムシンはあえいだ。片方の手が胸のふくらみをおおって感じやすい先端をうずかせ、もう一方の手はおなかをなぞるようにして下へ伸びていく。

マルコスの唇が下りてきて胸の蕾《つぼみ》に触れると、タムシンはなにも考えられなくなった。

円を描くような舌の動きにあえぎながら、彼の肩をつかむ。頭をのけぞらせて目を閉じた彼女を、マルコスが唇と舌と歯で喜びと苦悶《くもん》の瀬戸際へと導いていく。やがて彼の唇がもう一方の胸の頂に移り、片手が腰から脚の間へとたどりはじめた。そしてついに、彼の指先が最も敏感な場所にたどり着くと、タムシンの喉の奥からうめき声がもれた。わけのわからない欲望のうずきに、もう少しで叫び声をあげてしまいそうだ。マルコスの背中にまわした手に力をこめる。触れてほしい。私の秘密の部分に……。

すると、マルコスが息をはずませてののしり声をあげながら手を離した。

「もう少しで忘れるところだった」小声で言う。

「忘れる？」

「君のためのプランだ」

「プラン？」タムシンは急に怖くなって体を引き、謎《なぞ》めいた端整な顔を見つめた。

マルコスは立ちあがると、かがんでタムシンの喉元のくぼみにキスを落とし、片手を腰にまわした。タムシンはすでに思い知らされていた。どんなに信頼していなくとも、私にはもう彼をとめることはできない。呼吸をとめられないのと同じように。

マルコスに軽々と抱きあげられ、タムシンはその肩に額をつけた。ついにそのときがやってきた。彼は私をベッドに横たえ、自分も裸になって、私を抱きすくめるだろう。目を閉じた彼女は、マルコスを求め、彼に降伏することを心から望んでいた。

しかし、マルコスが向かったのはベッドではなく、美しい白いタイルでおおわれた広いバスルームだった。先の細くなった十本あまりのキャンドルに照らされている。薔薇《ばら》の花びらの浮かぶバスタブの中に下ろされたタムシンは、温かい湯に包まれて吐息をもらした。潮風にさらされ、雨に打たれ、二つの大陸の埃《ほこり》を浴びて、ぐったりと疲れていたことに初めて気がついた。こわばっていた筋肉が急速にほぐれていく。

「うしろにもたれて」マルコスが命じた。

言われたとおり頭を湯につけると、冷えきっていた髪が温まって心地よい。座り直してバスタブの縁にもたれかかると、生まれ変わったような気分になった。すっかりくつろいで、薔薇の花びらの間から胸がのぞくのも気にならない。

うしろに座っていたマルコスがシャンプーを手に取り、タムシンの頭皮をゆっくりとマッサージしはじめた。タムシンは深い息をつきながら目を閉じ、彼の手に身をゆだねた。

「洗い流して」

タムシンは言われたとおりにした。マルコスが海綿とラベンダーの石鹸《せっけん》を使って、上気した肌を円を描くように洗いはじめる。肩から始めて腕、胸、おなか、脚へと下りていく。脚を片方ずつ湯から出してじっくりとマッサージし、腕も同じようにした。

体じゅうが温まって満ち足りた気分だ。目の前にてのひらをかざしてみる。アジズ・アル・マグリブの花嫁であることを示すヘナの幾何学模様は薄れてほとんど見えなくなった。

手錠をはずされたような気分だ。

計画どおりにいけば明日にはアジズの花嫁になる。彼の言いなりになり、不快な息と締まりのない体、乱暴な仕打ちに一生耐えて暮らさなければならない。

でも、今夜だけは別だ。今夜は自分の思いどおりにふるまい、自由に喜びを味わい、自分の選んだ相手とともに過ごすのだ。

私の選んだマルコスと。

ほかのものはアジズに明け渡すとしても、純潔だけは捧《ささ》げたくない。生きたまま砂漠に埋められる前に、純粋な歓喜の瞬間を味わいたい。それを糧にして生きていけるように。

私はマルコスを求めている。

彼は、私がこれまで知らなかった感情を、欲望を教えてくれた。温かさと喜びと安らぎを味わわせてくれた。

アジズなら、ベッドの中で黙って言いなりになり、ただ彼を喜ばせることだけを要求するだろう。バージンでないと知ったら、私を殴るかもしれない。でも、乱暴な仕打ちを受けるのは同じことだ。

マルコスと一夜をともにすることができるなら、アジズに殴られてもかまわない。マルコスとの一夜は、はかり知れない喜びを与えてくれるだろう。

「満足したかい？」マルコスがタオルを手に持って尋ねた。

「ええ」タムシンは心の底から言った。準備はできていた。妹を救うために自分の人生を棒に振る前に、一夜限りの自由と喜びを味わう準備……。

立ちあがると、薔薇の香りのする湯が体を伝い落ちた。バスタブから出たタムシンの手を取って、マルコスが暖炉の前に導く。白い大きなタオルで体をくるまれると、心臓の鼓動が激しくなった。分厚いコットンのタオルを通して、彼の熱い手が感じられる。

「だいぶ気分がよくなったようだね」マルコスがやさしく言った。

「ええ、ずっと」タムシンは彼の魅惑的な唇を見あげながらささやいた。

マルコスが彼女の唇に指を軽く走らせた。「タムシン、僕はなにも約束しない。今夜、そして、あと何週間かを君と一緒に過ごす。だが、そのあとは、君と僕は他人になる」

「いいわ」アジズと結婚したあと、再びマルコスに会うのはあまりにもつらすぎる。二度と味わうことのない喜びを思い出したら、胸が締めつけられるだろう。

「いい？」マルコスの黒い眉が上がった。

タムシンは説明したかったが、言葉が出てこなかった。時間があまりにも短すぎる。このわずかな時間を奔放に楽しまなければ。「マルコス、しゃべりすぎって言われたことはない？」

マルコスが目をしばたたいた。「そんなことを言ったのは君が初めてだ」

そしてあなたは、私が初めて愛を交わす人。タムシンはその言葉を口には出さなかった。

マルコスがためらったり自制したりすることを恐れたからだ。彼はもう私に十分すぎるほど警告を与えている。これは私の夜。私の決断なのだ。

タムシンは両手を真横に上げ、タオルを床に落とした。

マルコスが息をのんだ。そして、タムシンを眺めまわしてから、唇を近づけると、温かくやさしいキスをした。たくましい胸と触れ合って、タムシンの胸の頂がうずく。熱をこめてキスを返すと、マルコスの唇の動きが激しさを増した。

暖炉の火に照らされた部屋がきらめき、くるくるまわる。二十一歳の誕生日の前夜、親友のビアンカとデイジーと一緒にシャンパンのボトルを空け、枯れ葉の舞う中で踊りまわったときの楽しさを思い出す。マルコスとのキスはあのときの十倍もすてきだ。シャンパンと情熱と自由の味がする。タムシンは目がくらむほどの喜びに酔った。

マルコスがタムシンを抱きあげ、キスを続けながら、そっとベッドに横たえた。それから一歩下がり、自分の下着をはぎ取った。一糸まとわぬ彼が火明かりに照らされて、こちらを見おろしている。

頬をほてらせ、タムシンも見つめ返した。裸の男性を見るのは初めてだった。彼は美しく、たくましく、強靭《きょうじん》だ。私は不格好に見えないかしら？　笑われたらどうしよう？　胸に不安がこみあげた。

だが、マルコスがベッドに入ってくると、その肌のぬくもりでタムシンの不安は溶け去った。二人の胸が触れ合い、脚がからみ合う。彼の唇が体をなぞっていくのを感じ、タムシンは背中をそらした。

「お願い」そうささやきながらも、なにを頼みたいのか自分でもわからない。映画で見たり本で読んだりしたことはあっても、現実に経験するのは不思議だった。想像も及ばないことばかり……。

「待つんだ」マルコスがきっぱりと言った。彼の息遣いがおなかから脚の方へ下りていくのを感じて、タムシンはベッドからころがり落ちそうになった。まさか……そんなことがあるはずない。

脚の間にマルコスの息がかかる。最初はそっと、それから激しく、唇が分け入ってくる。稲妻に貫かれ、最初の波がはじけて、タムシンは叫んだ。

そして、マルコスが重なるように体を合わせてくると、タムシンの下腹部を鋭い痛みが走り抜けた。

マルコスが動きをとめ、驚愕《きょうがく》した顔で見おろした。タムシンは彼を見あげ、痛みと喜びの波に襲われながらも、どうかやめないでほしいと願った。

「君は初めてだったのか」

「もう違うわ」タムシンはそっとささやいた。

マルコスの体に小波《さざなみ》が走った。

「理解できない。君についての噂《うわさ》はさんざん聞いていたのに……」彼がとまどったように眉を寄せた。

「話そうと思ったんだけど」やめないで、離れないで。タムシンはマルコスの片手を取ると、指を口に含んだ。「待っていたのよ、あなたのことを」

マルコスが息をのみ、抗しきれなくなったかのようにまたゆっくりと動きはじめた。喜びが痛みをうわまわり、タムシンは声をあげた。動きが激しさを増していく。マルコスが彼女の胸をさぐり、先端を唇にはさんだ。不思議な感覚に体の芯《しん》を貫かれ、マルコスの腰にからませた脚に力をこめると、それに応《こた》えるように彼が力強くタムシンを抱きすくめた。

やがてマルコスがあえいだかと思うと、汗をにじませながら大きく叫んだ。

自制心を失った彼の声に、タムシンも思わず我を忘れてうめいた。再び訪れた深い喜びに体が震える。

波が去ったあと、めくるめく思いにひたりながら、タムシンはマルコスに寄り添った。彼の腕にしっかりと抱かれ、体の温かさを感じて、火花のはじける音を聞いたような気がした。

二人の関係はこの場限りのものだとマルコスが警告した理由がようやくわかった。今のタムシンは、ぬくもりにひたり、守られ愛されていると感じていた。このままいつまでも彼の腕の中にいたかった。

でも、夜明けに約束がある。約束を守らなければ撃ち殺されるかもしれない。

「僕は思い違いをしていた」マルコスが静かに言いながらタムシンを抱き締めた。

「そうね」

「君にひどいことを言ってしまった」

「かまわないわ」

「いや、そんなことはない。君を誘拐して、君にかかわりのないことで非難したあげく、侮辱してしまった」マルコスはベッドの上に体を横たえたまま、天井を見あげて続けた。

「僕が間違っていた」

タムシンはなだめるように言った。「私はマスコミになにを書かれても無頓着《むとんちゃく》だったから」

「でも、気づいてもよかったはずだ。十年も君のことを追跡して、どんな女性か調べてきたのだから。最悪の情報をうのみにするべきではなかった」マルコスの声が低くなり、タムシンは火明かりで唇の動きを読まなければならなかった。「君に……あやまらなければならない」

まるで生まれて初めてその言葉を口にするような、たどたどしくためらいがちな言い方だった。

タムシンは信じられない思いで彼を見つめた。今までだれにもあやまったことがないのだろうか？

「君はさっきなんと言ったか。僕は望むものを手に入れるために罪のない人々を傷つける？」マルコスの目にふいに凶暴な色が宿った。「だから君は僕に抱かれたのか？　僕が君に強いたからか？」

「違うわ！」ここから逃げたい、秘密のトンネルを見つけたいと思っているのは事実だが、そんな誤解だけはされたくない。「私も望んでいたの。私が心から求めた人はあなたが初めてよ。後悔なんかしていないわ。一瞬たりとも」

その言葉を聞いて、マルコスの額のしわがゆっくりと消えていく。

「ありがとう」静かに言いながら、彼はタムシンのこめかみにキスをした。そのやさしく純粋なキスは、さっきの燃えるような抱擁よりもなぜかタムシンの心を揺り動かした。

「埋め合わせはするよ、タムシン。過ちは償う。君がここにいる間、プリンセスのように大切にしよう」

マルコスはもう一度キスをすると、タムシンの頬に指をすべらせ、髪を撫《な》でて、ちらちらする火明かりの中で抱き締めた。タムシンは彼の肩に額をつけたまま見あげた。

マルコスは目を閉じていたが、口元には笑みが浮かんでいる。砂漠の盗賊にはとても見えない。少年のように無防備だ。

この人を愛してしまうかもしれない。

いいえ、だめよ。マルコスを愛する？　そんなわけにはいかない。さっきの熱い体験だけで、彼と離れがたい気持ちになっているのに。彼に恋するほど私は愚かではないはずだ。ぜったいにだめ！

女性は最初の男性を決して忘れないものだという。それだけのことだ。トンネルを見つけて逃げなければ。今夜。どうしても。ここに長くとどまりすぎた。

「ここは……ムーア人のお城だったのでしょう？」

「そう」満ち足りた眠そうな声だ。

「いちばん古いのはどこなのかしら？」

「わからない。何百年にもわたって増築と改築を繰り返してきたからね。たぶんあの壁だろう」マルコスは古い暖炉を囲む精巧な彫刻のある壁板の方を顎で示した。「なぜだい、いとしい人《ケリーダ》？」

マルコスが初めて心をこめて呼びかけてくれた。皮肉な響きのまったくないやさしい声だ。タムシンの心は痛んだ。

「昔から建築に興味があったものだから」喉の塊をのみこみながら言う。「知っているはずよ。私の成績表を見たでしょう」とくに目を引くデザインがあった。大きな楕円《だえん》形の中に幾何学模様と小さな鳥が描かれている。あれがトンネルの扉かもしれない。

タムシンはベッドから起きあがろうとした。

彼女にまわされているマルコスの手に力がこもった。「どこへ行く?」

「見たいの」

「ここにいてくれ」マルコスがタムシンを抱き寄せた。「ここで僕と一緒に眠ってほしい」

「ナイティがいるわ」タムシンは思いつきで言った。

マルコスが体をぴったりと押しつけた。「今のままのほうがいい」

タムシンも同じ思いだったが、そうしてはいられない。今なにより重要なのは、秘密のトンネルを見つけて妹を救うことだ。「あなたの使用人にこんなところを見られたら困るでしょう?」

「もし見たら、幸運を天に感謝するだろうな」

「ネリダは私をふしだらな女だと思っているわ」

「彼女もきっと見方を変えて、僕と同じように君を大切に思うようになるだろう」

「廊下を裸でうろうろしているところを見たら、そうは思わないでしょうよ。ほかの女性への見せしめのためにつるし首にするかもしれないわ」

「わかったよ」マルコスはため息をついた。「僕の負けだ。君のナイティ《ビエン》を持ってこよう」

マルコスが部屋を出た瞬間、タムシンはベッドから飛びおりた。彼はすぐに戻ってくるだろう。壁板の端を指でなぞる。扉だ！　壁掛けランプのうしろに古い錠が隠れていた。でも、鍵《かぎ》はどこだろう?

タムシンは必死に室内を見まわした。デスクがある！　デスクに駆け寄って引き出しを開けた。彼がもう戻ってくるかもしれない。こんなふうにさがしまわっているところを見つかったら、デイジーの口癖ではないが、もうお手上げだ。

　廊下の向こうでドアが閉まる音がした。そのとき、指先が鍵の束に触れた。奇妙な形の鍵が一つある。戻ってくるマルコスの足音が聞こえる。鍵をそのままにしてベッドにもぐりこんだ瞬間、ドアが開いた。タムシンは目を閉じ、うとうとしているふりをした。

　マルコスが髪にそっと触れた。目を開けると、彼はナイティをタムシンの胸に押しつけていた。

「今までずっとだれからも驚かされたことがなかった。どうしてなんだ？」

「なにがどうしてなの？」

「あんな仕打ちをしたのに、どうして僕にバージンを捧げてくれたんだ？」

「言ったでしょう。あなたの魅力に抵抗できなかったからよ」タムシンは相変わらずほほえみながらも、胸の痛みを感じはじめていた。彼と離れ離れになることを考えただけで、息がつまりそうになる。

　マルコスは笑った。信じきったような晴れやかな笑い声を聞いて、タムシンの喉に苦いものがこみあげた。「抵抗できない？」

「ええ《シ》」彼女はいたずらっぽく笑ってみせた。

「スペイン語を話したね。僕を信じてすべて打ち明けてほしい、タムシン。信じられないかもしれないが。僕が復讐《ふくしゅう》したい相手はシェルダンとアジズだ。君じゃない。やつらにひどい目にあわされているなら、僕が助けよう。君を守りたいんだ」

なにもかも話してしまいたい。マルコスを信じて、妹を救い出してもらい、シェルダンとアジズの手から守ってもらえたら、どんなにいいだろう。これからの人生を好きなだけ自由に暮らせたら。マルコスのベッドの中で夜を過ごせたら。

〝僕になにも約束しない〟

〝僕は君の婚約者と家族を破滅させるつもりだ。君にそれを手伝ってもらいたい〟

「マルコス。疲れすぎていて話せないわ」タムシンはナイティを頭からかぶった。「いろいろなことがあったんですもの。もう眠りたいわ」

マルコスはため息をつきながら、タムシンの髪をすいた。「ビエン、ケリーダ。明日にしよう」

マルコスが隣に横になって目を閉じた。タムシンも目をつぶって眠ったふりをした。しばらくすると、彼が寝息をたてはじめた。目を開けた彼女は、消えそうな炎に照らされたマルコスの寝顔を見つめた。

浅黒く端整で彫りの深い顔立ちが、最初とはまったく違って見える。まるで少年のように眠りこみ、口元にほほえみを浮かべている。

タムシンはこみあげてくる思いを抑えてマルコスの腕から抜け出すと、デスクの方へ向かった。さっきの鍵を引き出しから取り出し、壁の錠に差しこむ。鍵は穴にぴたりと合い、秘密の扉が音もたてずに開いた。

これが運命だ。タムシンは悲痛な思いにとらわれた。心のどこかでは、鍵が合わなければいいと願っていた。扉が大きな音をたててマルコスが目を覚まし、また抱き寄せられて、ここにとどまらざるをえなくなればいいと。

でも、アジズが待っている。ニコールも。異母兄とカミラは妹の面倒をみてくれているだろうか？　暖かくして、守ってくれているだろうか？　愛していると言ってくれているだろうか？

そんなはずはない。

私はここですばらしい一夜を過ごすことができた。それだけで十分だ。これからは妹のために生きなければ。

タムシンはうしろ髪を引かれる思いでもう一度マルコスを振り返ってから深く息をつくと、裸足《はだし》のまま、冷たくかびくさいトンネルの闇に入っていった。

マルコスは一人ベッドで目を覚ました。

寝室は真っ暗で、まだ鳥も鳴いていない。

枕《まくら》やシーツにタムシンの香りが残っている。彼は腕を伸ばしてあくびをした。気分がいい。まだ夜は明けていないが、久しぶりにぐっすり眠ったような気がする。彼女はどこにいるのだろう？　バスルーム？　それとも、おなかがすいて食べるものでもさがしているのだろうか？

早く戻ってきてほしい。僕も飢えている。食べ物ではないものに。彼女の残り香は媚薬《びやく》のようだ。夜明けを前に、マルコスはクリスマスの朝を待つ少年のように興奮していた。

タムシンは僕に純潔を捧げてくれた。

まだ信じられない。この世にあんな清らかさが残っていたとは。身に余る贈り物だ。タムシンと一日じゅうベッドで過ごす甘美な時間を考えたら、シェルダンとアジズを愚弄《ぐろう》する楽しみなど比べ物にならない。

マルコスはタムシンの枕を胸にかかえて待った。

二十分たつと、マルコスの笑顔はしかめっ面に変わった。

ベッドから出てバスルームをのぞき、タムシンの名を呼びながら廊下を横切って彼女の寝室へ行ってみた。がらんとした暗い部屋に声が響き渡る。

冷たいものが背筋を走った。

警備員の隙《すき》をねらっているのかもしれない。逃げ道をさがして廊下を歩きまわっているかもしれない。その可能性はある。僕とベッドをともにはしたが、ここにとどまると約束したわけではないのだから。

それにしても、まだ逃げ出すつもりなのか？　いや、僕に純潔を捧げてくれたのに、その翌朝に逃げ出してほかの男と結婚するはずがない。

まさか。

それに、昨夜のことが彼女にとってなんの意味もなかったとしても、逃げ道などあるはずがない。

マルコスはTシャツとジーンズを身につけると、城の大廊下をさがしはじめた。夜警にきいてみたが、タムシンの姿は見ていないという。

こみあげる怒りに、マルコスは拳《こぶし》を握り締めた。レイエスや使用人たちを全員起こした。徹底的に手際よく捜索しなければ。だが、すでに手遅れだとわかっていた。

彼女は去ってしまった。

僕を罠《わな》にかけて。

誘惑したのは自分のほうだとばかり思いこんでいたのに、実際はその逆だった。彼女は冷静に、純潔をまるで商品のように売り渡し、僕が天使に出会ったと信じきって眠っている間に姿を消してしまった。

マルコスはタムシンの寝室に戻ってみた。低くののしりながらクローゼットをあさり、手がかりを見つけようとした。なにか残していったものはないか。ドレスはすべてクローゼットにかかっていた。ベッドはきちんと整っていた。彼女がどうやって出ていったかを示す痕跡《こんせき》はない……。

それからマルコスは、窓際のテーブルの下に隠された携帯電話を見つけた。

それをつかみ、最後にかけた電話番号を確認して、大声をあげた。

昨夜ここで見つけたとき、ずぶ濡《ぬ》れのタムシンは、突然入ってきたマルコスを見て狼狽《ろうばい》していた。なにかおかしい、逃げようとして失敗したという言い訳は嘘に違いないとわかっていた。だが、あのときはそれを無視した。彼女を自分のものにしてしまえば、いずれ真実を話してくれると思っていたからだ。

今、マルコスは真実を目の前に突きつけられていた。彼女は屋根に落ちた携帯電話を見つけ、風雨をいとわず窓を乗り越えてそれを手に入れたのだろう。

僕は一夜の喜びと引き換えにタムシンを失い、そしてすべてを失った。彼女とベッドをともにしたいと望むあまり、すべてをだいなしにした。そして、タムシンは純潔を代償にして、僕が想像もできなかったほど冷静な行動をとったのだ。

彼女のことを、無情で計算高い浮気女だと思っていた僕の判断は間違っていなかった。まさにそのとおりだった。彼女はバージンを武器に使った。マルコスは希望の最後のひとかけらを失ったような気がした。まるで未熟な十八歳の少年のように彼女の計略にまんまとはまってしまったとは。

それにしても、どうやって逃げたのだろう？

マルコスは携帯電話を取りあげると、さまざまな可能性を思いめぐらしながら自分の寝室に戻った。部下たちのことは心から信頼している。彼らが逃がすはずはない。それに、勤務時間中に眠りこける連中がいるはずはない。だが、タムシンが城の外壁を下りられるはずもない。魔法でも使ったのだろうか？

マルコスはふと、寝室の板壁に視線を向けた。夜明けの薄闇の中で幾何学模様はほとんど見えないが、なぜか注意を引きつけられた。

古いトンネル？

すぐにデスクの引き出しを開けたが、鍵が見つからない。不安をつのらせながら扉を押してみる。錠はかかっておらず、扉はすぐに開いた。トンネルに入ったところの埃の上に鍵はあった。タムシンが置いていったのだ。

マルコスの口をついて出た悪態は城内に響き渡るほど大きかった。どうして知ったのだ？　いったいどうして？　彼は急いで靴をはいて廊下を走った。

ネリダが話したに違いない。あの家政婦は僕が愛人を持つのをいやがっている。そろそろ身を固めるべきだと考えているのだ。だが、こんなふうに僕のじゃまをするとは思ってもみなかった。

「おまえはくびだ」廊下ですれ違ったネリダに、マルコスは噛《か》みついた。

「このほうがよかったのですよ、お坊ちゃま」ネリダはマルコスの脅しを信じるふうもなく、落ち着き払って応じた。「ふしだらな女性はおやめなさい。結婚なさることです。いいお相手を見つけて」

マルコスは歯ぎしりしながら、玄関ホールにいるレイエスに目をやった。

「セニョール？」

「城の中にはもういない。彼女は逃げた。捜索隊を送りこんで村をさがすんだ」

レイエスがなにか言う前にマルコスは走り去った。唯一の望みはアジズより早くタムシンをさがし出すことだ。地平線を血のように赤く染める朝日を見ながら、赤いフェラーリに乗りこみ、轟音《ごうおん》をたてて丘を走りおりた。直感がひらめいて左に曲がり、いちばん近いエル・プエルト・デ・ラス・エストレリャス村へ通じる曲がりくねった細い道を走る。

どうか。彼は祈った。どうか。

緊張しすぎていて、怒ることもできなかった。まるで金縛りにあったようだ。どうしても見つけなくては。二十年かけて計画してきたのに、失敗に終わるとは。タムシンと愛し合い、抱き合って眠ったあとで、アジズに奪われるとは。

角を曲がったところで、まるで奇跡のように、葡萄《ぶどう》畑の西の端から駆け出してきたタムシンが見えた。昨夜の白いナイティを着たままで、赤い髪がうしろになびいている。海辺の崖《がけ》の上にある村へまっすぐに向かっているようだ。

アクセルを踏みこむと、マルコスは先まわりしてタムシンの行く手をふさいだ。道路の真ん中に車をとめ、急いで飛び出す。

叫び声をあげたタムシンは、方向転換して畑の方へ駆け戻ろうとした。マルコスは厳しい表情であとを追った。一歩進むたびに、罠にかけられ裏切られたという苦い思いがつのり、血がたぎった。彼女が言ったことも、したことも、すべて嘘だった。許しを請い、プリンセスのように大切にすると約束したのに、彼女はずる賢くも秘密の扉をさがして逃げ出した。

「とまれ!」マルコスは叫んだ。

だが、タムシンは葡萄畑の間をぬい、重い枝の下をかいくぐって走りつづける。露に濡れた白っぽい土の上に足跡がつき、なにか赤いものが見えた。血だ。彼女は裸足で走っているのだ。

マルコスはさらに激怒した。美貌《びぼう》と勇気以外になんの武器も持たない一人の女性が、どうやって僕の権力と警備とハイテク技術から抜け出したのか?

「とまれ!」マルコスはまたどなったが、タムシンはおびえた鹿《しか》のような視線を向けただけで、葡萄畑を囲むオレンジ畑をめがけて走っていく。

裸足なのにものすごいスピードだ。マルコスは拳を握り締めて足を速めた。ついには駆けだし、オレンジ畑の手前でようやく追いついた。タムシンの肩をつかんだ彼は、怒りを抑えることができなかった。

「僕にどうしろというんだ？　君を閉じこめて鍵を投げ捨てろとでもいうのか？」

「それでも逃げてみせるわ」タムシンは息をはずませながら振り返った。薄手の白いコットンをまとっただけの豊かな胸が、息遣いのたびに揺れる。頬は紅潮し、ブルーの瞳は怒りにきらめいていた。「私を縛りつけておくことはできないのよ」

夜明けの薄闇の中でもコットンの下の豊かな胸が透けて見える。「どうしてそんなにアジズと結婚したがるんだ？」

「あなたみたいな人とあんまり長い間一緒にいたから、彼が恋しくなったのかもしれないわ！」

マルコスはタムシンをオレンジの木に押しつけた。「僕みたいな男？　僕がどんな男だというんだ？」

「あなたはみんなと同じくらい悪い人だわ」タムシンがあえぐと、柔らかなふくらみが感じられ、マルコスの中で熱いものが高まった。「他人を傷つけても欲しいものを手に入れる人よ。あなたに心というものがあるなら、私を行かせてちょうだい！」

「心？」マルコスは吐き捨てるように言った。「君は逃げるために僕に純潔を売り渡し、僕を信用させた。君こそ心の冷たい欲得ずくの嘘つきだ」

「どうしようもなかったの。あなたが無理に……」

無理に？　もう限度だ。「なんとでも言えばいい。僕は君を力ずくで抱いた身勝手な卑《ひ》怯《きょう》者だとね。僕は君のバージンを奪った。自分の喜びのために。これからもそうするつもりだ」

マルコスは頭を下げると、タムシンを罰するように抱き締め、唇を合わせた。

タムシンは息をのみ、マルコスの体を押しやろうとしたが、彼の力が強すぎてどうにもならなかった。閉じていた唇も力強い舌に押し開かれた。

突然、タムシンの体から力が抜けた。マルコスの胸をたたいていた小さな手が肩にまわされ、低いあえぎ声が喉の奥深くからもれる。二人のキスは長く情熱的な抱擁に変わり、マルコスは彼女のウエストから腰へ手をすべらせた。気がついたときには、木を背にしたタムシンを抱きあげ、ナイティをたくしあげていた。だが、ここは道路のすぐわきで、二人を隠してくれるのは低いオレンジの木々だけだ。アジズとその一党が近くにいて見ているかもしれない。

彼女のなにが僕をこんなに駆りたてるのだろう？

「話はあとにしよう」マルコスはうめくように言った。とまどったように澄んだ瞳で見つめるタムシンを、じゃがいもの袋のように肩にかつぎあげる。

「待って……やめて！」タムシンが叫び、もがいたり蹴《け》ったりしはじめた。

マルコスは容赦なくオレンジ畑を突っ切って道路へ向かった。

「お願い」タムシンの叫び声はすすり泣きに変わった。「どうか放してちょうだい」

「なぜだ？」

「私が行かないと妹が死んでしまうかもしれないのよ！」

マルコスは急に立ちどまった。オレンジ畑の向こうに車が見えるところまで来ていたが、そこでタムシンを下ろした。「話してくれ」

タムシンが弱々しく首を横に振る。

「また罠なんだな。そうだと思っていた」マルコスは再びタムシンを抱きあげようとした。

「罠じゃないわ！」タムシンの目に涙があふれるのを見て、マルコスは驚いた。「ただ、私がいやいやながらアジズと結婚しようとしているのは本当よ。兄の命令で。それしか方法がないの！」

「なぜシェルダンの命令を聞く必要があるんだ？」

「ニコールのためよ。まだ十歳なの。妹は養育係《ナニー》に面倒をみてもらっているとばかり思っていたのに。先月、兄が管財人の権利を利用して私の財産を使い果たしていたことがわかったの。妹の財産もそう。ニコールがヨークシャーの屋敷で飢え死にしかけているときに、兄とカミラはあの子のお金を使ってスイスのツェルマットでスキーをしていたのよ」

マルコスは歯ぎしりしながら、この美しい唇から繰り出される言葉を信じるべきかどうか考えていた。「それでシェルダンは、君がアジズと結婚して取り引きを成立させたら、妹さんの面倒をみると約束したわけか?」

「そう信じるしかないわ」タムシンは涙を乱暴にぬぐった。「兄は約束したの、アジズと結婚すればニコールの養育権を私に渡すって。もちろん一緒には暮らせないけど、ニコールの信託資金の残りを使ってナニーに戻ってもらえば、あの子は愛されて大切にしてもらえるわ」

マルコスは信じられないという表情でタムシンを見つめた。「だが、君は死ぬまでアジズにがんじがらめにされて暮らすことになるんだぞ! やつはぜったいに君を放すまい。君は妻として彼の姓を名乗り、子供を産むことになる。死の瞬間まで囚《とら》われて、馬よりひどい扱いを受けることになるんだ。君は本気で妹のために犠牲になるつもりなのか?」

タムシンは悲しげにマルコスを見あげた。「妹は十歳なの。まだ十歳よ、マルコス。私よりずっといい子なのに。守ってあげるべきだし、私がそうしなければ、だれが守ってくれるというの?」

マルコスは言葉を失った。

十歳。ほんの子供だ。弟が死んだときも同じくらいの年だったが、だれも守ってやれなかった。もちろん僕自身も。小さな弟を助けるどころか、僕が弟を死に追いやったようなものだ……。

マルコスはそんな思いを押しやり、タムシンを鋭く見つめた。「アジズとの結婚は死刑宣告に等しい」

「でも、ほかに方法がある？　もっといいアイデアがあるのなら聞かせてほしいわ」

マルコスは歯をくいしばった。「イギリスの社会福祉課に行って養育権を要求すればいい」

「さんざん浮き名を流してきた私に養育権を認めてくれると思う？　妹を里子に出せって言われるのが関の山よ。それだけは避けたいの。私はずっとアメリカで育ったから、妹にはほとんど会っていないのよ。電話をかけたり誕生日にプレゼントを贈ったり、休暇に会いに行ったりはしたけれど。あの愚かで自分勝手な兄が面倒をみてくれていると信じていたの」タムシンは腕を組んで顎を上げた。「妹が見捨てられて飢え死にしかかったのは私のせいだわ。私の責任。私が面倒をみるべきだったのに」

「なるほど」マルコスは冷ややかに言った。「しかし、アジズがまた事故を起こして君を死に追いやったら、妹さんは永遠に独りぼっちになる。君がいなくなったあとはどうなるだろう？」

タムシンの目に涙があふれてきた。「私……わからないわ」

そのとき、ばたんという大きな音が聞こえた。道路に目をやると、古ぼけたライトバンの後部座席から目つきの鋭い四人の男が銃を片手に降りてきた。続いて、白いローブに身を包んだアジズ・アル・マグリブが、まるでパーティにでも行くかのように身軽に助手席から降り立った。

確かにパーティに行くようなものかもしれない。アジズが向かおうとしているのはマルコスの葬儀だ。

マルコスはタムシンの肩をつかむと地面にかがませ、オレンジの若木やラベンダーやロックローズなどの低木の茂みに隠れさせた。

だが、そんなことをしても、道路の真ん中にとめた車は隠しようもない。真っ赤なフェラーリは朝日に輝いている。

なんてことだ《マラディト・セア》！　マルコスは自分の愚かしさに毒づいた。こうなったら道は二つしかない。

戦うか、逃げるかだ。

二人の警備兵が葡萄畑を端から捜索し、あとの二人はオレンジ畑の方へ向かってくる。アラビア語は少ししかわからないが、アジズが警備兵たちに叫んでいる内容から推して、逃げるチャンスがほとんどないことはマルコスにも理解できた。タムシンは誘拐犯が僕だと告げたのだろうか？　それとも、アジズ自身が推察したのか？　いずれにせよ、彼らはフェラーリが僕のものだと知っている。

一人や二人なら武器を奪ってやっつけることもできるが、武装した男五人を相手に戦うのは至難の業だ。頭か心臓を撃ち抜かれるかもしれない。それに、自分の手を汚すのを嫌って他人にまかせたがるところがあるものの、アジズ自身も手ごわい相手であることは間違いない。悪賢く卑劣なうえ、パリ大学で護衛術とキックボクシングを組み合わせたフランス武術を学んでいる。

いかにマルコスといえども、アジズと四人の熟練戦士を敵にまわしては勝ち目はない。逃げる方法はあるか？

マルコスは自分の所有するこの土地を隅々まで知り抜いていた。タムシンを手放せば、警備兵が彼女に気をとられている隙に逃げ出せるだろう。

マルコスは腕の中のタムシンを見おろした。顔が真っ青だ。ピンクの唇以外に血の気はない。悲鳴を押し殺すように唇を強く噛み締め、アジズの動きを目で追っている。

アジズに引き渡すか？　それとも、二十年をかけた計画をだいなしにするのか？　僕の家族を破滅させた男をのうのうと生き長らえさせ、タムシンを妻にさせるのか？　彼女を毎夜あの男のベッドにはべらせるのか？

冗談じゃない。マルコスは歯ぎしりした。そのくらいなら死んだほうがましだ。

マルコスはタムシンを引き寄せると耳打ちした。「チャンスだぞ。君が一声あげれば、やつらはこっちに気づいて君をモロッコに連れて帰るだろう。君は今日のうちに彼の花嫁になれる」

タムシンは愕然としたようすで唾《つば》をのみこんだ。「あなたは？」声に出さずに唇だけ動かす。

マルコスは歯ぎしりしながら、いちばん近くにいる警備兵に目をやった。木々をかき分けながら近づいてくる。彼はタムシンの方を向いた。「やつらはだてに銃を持っているわけじゃない。一声でもあげたら一巻の終わりだ」

5

マルコスの険しい表情を見て、タムシンはぞっとした。まるで私に叫んでほしいみたい。木々の間から警備兵たちを見つめながら、タムシンは口を開けて声をあげようとした。アジズは私をとらえ、マルコスが言ったように今夜じゅうに自分のものにするだろう。そして、妹は保護される。

でも、それはいつまで続くだろうか？

〝アジズがまた事故を起こして君を死に追いやったら、妹さんは永遠に独りぼっちになる。君がいなくなったあとはどうなるだろう？〟

生きていなければならない。タムシンは必死に自分に言い聞かせた。アジズのどんな気まぐれにも従おう。ありとあらゆる方法で彼を喜ばせよう……。

マルコスを見やったが、瞳の表情は読めない。タムシンが喉の奥で小さな音をたてても、マルコスはびくともしなかった。叫んでもいいのだ。彼にとめる気はないらしい。

でも叫んだら、彼はどうなるのだろう？

「タムシン」アジズがやさしく呼ぶ声が聞こえた。その猫撫《な》で声を聞いて、タムシンの背筋に冷たいものが走った。「そこにいるのはわかっているぞ。やつにつかまっているのか？　怖がることはない。すぐに見つけるからな、二人とも」

朝日がオレンジ畑に差しこみはじめた。いちばん近くにいた二人の警備兵がさらに近づく。二人の靴の下で枯れ枝が折れ、銃弾のような音をたてた。

声をあげなくても、見つかるのは時間の問題だろう。

マルコスが突然目を細めた。音もなくポケットから携帯電話を引っぱり出す。タムシンは息を殺してそのようすを見つめた。希望はあるのだろうか？

「レイエス？」唇の動きで問いかけた。

マルコスがうなずいた。キーを押すと小さな画面が光る。タムシンは光を隠そうと画面を手で囲んだ。マルコスがメッセージを打ちはじめたが、太い指ではキーがうまく押せない。

タムシンはマルコスの腕に手をかけ、懇願するように彼を見つめた。マルコスがため息をついて電話を渡してくれた。

タムシンは慣れた手つきですばやくメッセージを打つと、マルコスに電話を返した。彼はうなずいて送信ボタンを押し、電話をそっと閉じた。

警備兵たちはその間も近づいてきている。一人がアラビア語でなにか言って地面を指さした。アジズが大声で命令を出し、葡萄《ぶどう》畑にいた兵たちもオレンジ畑の方へやってきた。地面になにがあったのだろう？　タムシンは唇を噛《か》んだ。うっかりなにか落としたのだろうか？　泥だらけのナイティに隠れた自分の足を見おろしたとたん、息をのんだ。

右足の裏に大きな切り傷がある。足がしびれていて気づかなかったが、一歩ごとに血の跡をつけていたのだ。

血痕《けっこん》をたどれば警備兵たちは簡単に二人を見つけられる。太陽が昇ってきて畑はどんどん明るくなっていく。もうすぐアジズにも小道が見えるだろう。

タムシンはマルコスの手をつかんで胸に押し当てた。アジズに見つかりたくない。今はそれしか考えられなかった。マルコスのそばを離れたくない。なによりも、彼に死んでほしくない。

タムシンが自分の足を見おろすと、マルコスもその視線を追った。彼は険しい表情で拳《こぶし》を握り、ゆっくりと立ちあがった。その目に決意が読み取れる。

マルコスは私のために戦おうとしているのだ。

でも、いかに強くとも、一人と五人では勝負にならない。私のために彼を犠牲にはできない。アジズはマルコスをたたきのめすだろう。

タムシンは立ちあがって自分を励まし、アジズの方へ駆けだそうとした。

マルコスがその手首をつかんだ。

「だめだ」彼がささやく。

タムシンは首を横に振った。泣きたいけれど、もう一滴の涙も残っていない。「これがあなたを救う唯一の方法よ」

「だめだ」マルコスが声をやや高めた。

警備兵の一人が顔を上げ、なにか聞きつけたかのように首をかしげた。タムシンは唾《つば》をのみこんだ。胸が張り裂けそうだ。マルコスはどういうつもりなのだろう？　目の前で自分が撃たれるところを黙って見ていろとでもいうのだろうか？

道の向こうでエンジンの音が聞こえた。まさか！　そうだとしたら話ができすぎている。頭上を飛ぶ飛行機の音だろう。だが、奇跡のように音がだんだん大きくなってきて、警備兵がなにか叫んだ。アジズがフランス語で悪態をつき、すさまじい勢いでロープをひるがえす。アジズの命令で警備兵たちが散らばった。その直後、銃声が聞こえ、驚いた鳥たちが飛び立った。

そして、あたりが静まり返った。

次の瞬間、黒い車が三台、うなりをあげて道を走ってきた。一台はライトバンを追っていき、ほかの二台はオレンジ畑の端に横づけした。

「ボス！」レイエスが叫んだ。

マルコスが叫び返すのを聞きながら、タムシンはほっとしてぐったりと彼にもたれかかった。マルコスが抱き締めて支えてくれた。

「ごめんなさい」タムシンはささやいた。「あなたが傷つくのを見たくなかったの。夜中にあなたを置き去りにしたくなかったけれど、妹が……」

「もういい。もういいんだよ、いとしい人《ケリーダ》」

突然、体じゅうが痛みだし、足の切り傷がうずいた。タムシンはマルコスに支えられて畑を出ながらよろめいた。マルコスがなにも言わずに抱きあげた。

タムシンは疲れきっていてあらがうこともできなかった。二人が無事だったこと、そしてマルコスの腕に抱かれていることがなによりうれしい。彼は私のために命をかけてくれたのだ。

赤いフェラーリは銃弾で穴だらけになっていた。アジズが高価な車に八つ当たりしたのだろう。破壊された車から亡霊のような白い煙が上がっている。

マルコスの手に力がこもったが、表情に変化はなかった。タムシンにとっては我慢の限界だった。

アジズは冷酷で恐ろしい男だ。マルコスの言うとおり、私を死ぬまで自由にしてくれないだろう。でも、彼と結婚しなかったら、どうなるのだろう？　どうやって妹を救えばいいのか？

タムシンはマルコスの胸に顔を押しつけてすすり泣いた。

泣きながらも、マルコスの体に力が入ったのが感じ取れた。マルコスが大声で命令を出し、次の瞬間、タムシンは彼に抱かれたまま車の後部座席に乗せられて、そのまま城へ向かった。

マルコスは無言でタムシンをゲストルームに運んで立ち去った。メイドが浴槽に湯を満たすころにはタムシンの涙も乾いていた。新しいナイティに着替え、医師が傷の手当てをしてくれると、痛みが薄らいだ。メイドが紅茶とトーストを部屋に運び、ベッドに寝かせてくれた。

ベッドの中は居心地がよかったが、タムシンは全身でマルコスを求めていた。彼の寝室へ行き、その腕に抱かれたい。安心できる唯一の場所にいたい。でも、彼は私を許してくれるだろうか？　私は彼を欺いて逃げ出し、彼の命を危険にさらしたあげく、胸にすがって涙にくれた。私のことなど見限ったに違いない。

夜中にスペインの村はずれをさまよい歩いて疲れきっていたものの、とても眠れるとは思えなかった。だが、二分後にはタムシンは眠りに落ちていた。数時間後に目を覚ましたときには、午後の日差しが長い影を寝室の床に投げていた。頭がぼうっとしている。医者が紅茶になにか入れたのだろうか？

「気分はよくなったかい？」

マルコスが暖炉の前に座って見つめていた。いつからいたのだろう？

「ええ」意外にも気分はずっとよくなっている。そこでニコールのことを思い出し、タムシンは起きあがった。「でも、妹はまだ兄とカミラと一緒にいるわ！　助けてあげないとどうなるか……」

「僕たちで救い出そう」

「どうやって？」タムシンは問いながら、彼が〝僕たち〟と言ったことに心を打たれていた。「兄はきっと妹を放さないわ。妹の信託基金にお金が残っているうちは」

「君たちを苦しめるようなまねは僕がさせない。僕の調査員は妹さんのことを見過ごしていた。僕のミスだ。もっと徹底的に調べていたら、シェルダンの悪事に気づいたはずなのに。あの男の児童遺棄と盗みの証拠を集めて、養育権を申し立てよう」

「でも、前にも言ったように、私がニコールの養育権を得られるわけがないわ。イギリスじゅうが私のことを気まぐれな浮気女と思っているんですもの」タムシンは苦笑した。

「あなたもそうだったけど」

「僕はもうそんなことは思っていない。僕の妻のことをそう思う者はだれもいないだろう」

医者は私にどんな薬をのませたのだろう？

タムシンは乾いた唇を舌で湿した。「ごめんなさい、私、幻聴でも起こしたんだと思うけど、妻というのは……私のことなの？」

マルコスは唐突に椅子から立ちあがり、ベッドに腰を下ろした。「もしそうだったら？」

マルコスが近くにいると落ち着かない。「だって、私のことを愛してないでしょう？」

「それが問題なのか？　君だって僕を愛していないだろう？」

そう問われて、タムシンの胸はうずいた。もちろん彼のことを愛しているはずがない。彼に純潔を捧《ささ》げたのは確かだし、昨夜のことは忘れられない。そばを離れるのはつらかったし、彼はオレンジ畑で私を助けてくれた。そして、私は彼になにかを感じている……。

でも、愛ではない。タムシンは自分に言い聞かせた。私はそれほど愚かではない。

「ええ」彼女はようやく言った。「もちろん、あなたを愛してはいないわ」

「君はアジズを愛していなかったのに、彼と結婚したがった」マルコスの唇に冷酷な笑みが浮かぶ。「僕はアジズよりもずっといい夫になると約束する。ただし、すぐに離婚することになるだろうが。便宜上の結婚だからね。妹さんの養育権を手に入れられれば、それで事はすむ」

タムシンは息をのんだ。結婚を提案したのは、彼を欺いてトンネルから逃げたことを許してくれたからなのだろうか？　マルコスの目を見つめたが、問いかける勇気はなかった。

「どうして危険を冒してまで私を助けてくれたの？」

マルコスが唐突に立ちあがった。「僕にも弟がいたからだ」

「いた？」タムシンはおずおずと尋ねた。

「死んだんだ」

「それは……いったいどうして――」

「話したくない」

冷たくそっけない声だった。詳しく知りたいが、彼のこわばった表情からすると、きいてもむだなようだ。

マルコスの弟の死は、復讐《ふくしゅう》計画となにか関係があるのだろうか？

ありえない。アジズが人を殺すことはあっても、異母兄は違う。異母兄は気弱な男だ。女性の趣味は悪いが、子供を手にかけるとは思えない。ニコールを置き去りにして飢え死にさせかけたけれど……。

タムシンは頭を振ってそのイメージを追いやった。私が養育権を手に入れれば妹は安全だ。マルコスが助けてくれる。

タムシンはマルコスを見あげた。「理由はなんであれ、助けてくれたことに感謝するわ。ニコールを救うために復讐をあきらめてくれたことを……」

「あきらめてくれた？」マルコスは眉をひそめた。「二十年もかけて計画してきたんだ。復讐はあきらめない。だれのためであっても」

二十年？　マルコスはせいぜい三十二、三歳だろう。ということは、ほんの少年のころからアジズと異母兄への復讐計画を練ってきたのだろうか？

二人はいったいなにをしたのだろう？

「それどころか……」マルコスは窓のところへ行き、眼下に広がる自分の土地を眺めた。振り向いた表情は硬く、ぞっとするほど冷ややかだった。「君を花嫁にするのは僕の計画にも都合がいい。アジズに恥をかかせてやることができるからな。それにシェルダンにも、僕が彼だけでなく、一族全体を支配していると思い知らせることができる」

マルコスの冷酷な笑みにタムシンは戦慄《せんりつ》を覚えた。

彼を愛していなくてよかった。救ってくれたと思ったのに、こんな非情な意図があったなんて。

タムシンは毛布を押しやり、ベッドから下りた。「着替えなくちゃ」

近づいてきたマルコスの目の表情が変わった。「手伝わせてくれ」

マルコスの手がタムシンの腕をなぞった。彼の視線の熱さに、凍りついたはずの心が溶けていく。爪先まである長いナイティを着ているのに、裸で立っているように体が熱い。

「でも、さっき結婚は名目だけだと……」

「そんなことは言ってない、ケリーダ」マルコスにじっくりと見つめられて全身が焼けつきそうだ。「便宜上の結婚と言ったんだ。君と毎晩、同じベッドで過ごせるのは僕にとって大きな喜びだ。とくに、君の好きな長いナイティを脱ぎ捨ててくれるとね。僕の前では体を隠すことはできない。僕が許さない。君をもっともっと僕のものにしたい」

マルコスがタムシンの背に手をすべらせながら引き寄せた。心臓が高鳴り、タムシンは恐ろしくなった。彼のことも自分自身のことも。こんな心の冷たい人に触れられて、どうして体が熱くなるの？

彼女は引きつったような笑い声をあげながら彼の腕から抜け出し、クローゼットの中の上等なローブに手を伸ばした。「飢え死にしそうだわ」

マルコスの瞳が欲望にけぶる。「僕もだ」

タムシンは体を震わせた。すぐうしろにベッドがある。このまま感情に身をゆだねてしまいたい。でも、抵抗しなければ。マルコスに抱かれたことで、これまで知らなかった感情に目覚めてしまった。自分に許してはならない感情に。もしも二人がかりそめの結婚生活を送るとしたら、マルコスを愛するわけにはいかない。感情的に距離を置くためには、体も距離を置かなければ。

「食べるもののことよ」タムシンはナイティの上に白いローブをはおり、腰紐《こしひも》を二重に締めた。「キッチンの場所を教えてくださる？」

「僕が案内してあげよう」マルコスが意味ありげに笑った。

「いえ、そんな必要はないわ。一人で行けると思うから――」

「僕が連れていく」その口調がタムシンをひるませた。キッチンへ行くだけではすまないだろう。でも、真っ昼間にキッチンで私を誘惑するだろうか？

タムシンは深呼吸をした。「わかったわ」

マルコスがタムシンの手を引いて、寝室から広々とした階段へと導いていく。何階か下りると、城の裏手にあるキッチンに着いた。古めかしい煉瓦《れんが》造りのオーブン、低い天井に張りめぐらされた木の梁《はり》。壁の羽目板は中世そのままで、ぴかぴかのステンレスの電化製品やモダンな装備とは対照的だ。

「さあ、ここだ」

キッチンにはだれもいなかった。タムシンは唾をのみこんだ。

「みんなどこにいるの？　あなたの使用人がおおぜいでディナーを用意していると思っていたのに」

「がっかりさせてすまないが、今は昼寝《シエスタ》の時間なんだ。ディナーまでにはまだ何時間もある」マルコスが眉を上げた。「僕と二人きりでは不安なのか、セニョリータ・ウィンター？」

「そんなことないわ、もちろん」タムシンはごまかした。「サンドイッチが食べたいだけ。家政婦の話からすると、あなたにお願いするのは無理でしょう？」

「僕のことをよほど信用していないんだな」

冷静でいたいのに血圧が上がりそうになる。この横柄なスペイン人を相手にしていると、どうしても興奮してしまう。高慢の鼻をへし折ってやりたい。タムシンは顎を上げ、肩をすくめた。「だれにだって弱点はあるものよ」

「あいにく僕は違う。確かに料理にはあまり興味はないが。おもしろくないからね。だが、君に食べさせることには……おおいに興味がある」そう言いながら、マルコスは冷蔵庫や戸棚から材料を出していく。ハム、チーズ、マスタード、レタス、トマト、それに分厚いパン。

「なにをしているの？」

マルコスは取り出した食材を使って厚さが十センチ以上ありそうなサンドイッチを作りあげた。

「座って」マルコスが命じた。タムシンが小さな円テーブルの前に座ると、向かいに腰を下ろした彼がサンドイッチの皿を手渡した。「食べてみるといい」

「無理よ！　私の口はこんなに大きくないわ」

マルコスがいたずらっぽく笑った。「なんとかなるだろう」

サンドイッチを見ているだけでおなかがぐうぐう鳴りだした。口を思いきり開けて一口食べると、その味に思わず感動した。こんなおいしいハムは食べたことがない。「すごいわ！」タムシンは唇の端についたマスタードをぬぐい、驚きの声をあげた。

マルコスは人をくったような笑みを浮かべた。「それじゃ認めたわけだね、サンドイッチ作りが僕の弱点じゃないことを」

「そうね」認めざるをえない。タムシンはもう一口、さらに一口と食べながら、マルコスがテーブルの向こうからじっと見つめているのに気づいた。「あなたは食べないの?」

「食欲をとっておきたいんだ。デザートのために」

「まあ」もう一口食べてから、マルコスの言った意味に気づいた。「まあ」

タムシンの思いを読んだように、マルコスの顔に笑みが広がった。「アイスクリームだよ」

逆にタムシンはがっかりした。食べれば食べるほど体が熱くなる。マルコスとの肌の触れ合いが危険だというのは考えすぎかもしれない。復讐に燃える冷酷な彼を愛するのは身の破滅だろうが、感情をコントロールする自信はある。

ほかの女性なら抱かれた相手に恋するかもしれない。でも、私は違う。

からっぽになった皿を見てタムシンは驚いた。「全部食べてしまったわ」

「当然だろう」マルコスがテーブルごしにタムシンの頬に手を触れた。「君は、レタスとダイエットドリンクだけで生きているひよわな女性たちとは違う。闘志にあふれているし、人生の喜びにも貪欲《どんよく》だ」

タムシンがその手に頬を押しつけると、マルコスの視線が鋭さを増した。彼はゆっくりと身を乗り出し、唇を合わせた。タムシンは目を閉じた。ずっとこのままでいたい。するとマルコスは彼女を立ちあがらせ、ローブを脱がせて床に落とした。二人を隔てるのは薄いナイティだけになった。

「デザートをお望みかな？」マルコスが唇を合わせたままささやいた。

タムシンは目を閉じ、息苦しさとめまいを感じていた。さっきの恐れとためらいが愚かしく思える。マルコスは私に闘志があると言った。私は勇敢なのだ。恋に落ちることを恐れて欲望を抑えつけるなんてばかげている。

それに、一度抱かれているのに、今さらためらう必要があるだろうか？

「ええ」タムシンはそっと言った。「デザートが欲しいわ」

マルコスが手を離し、キッチンを横切って冷凍庫からアイスクリームの箱を二つ取り出した。「チョコレートとストロベリーとどっちがいい？」

「なんのこと？」

「アイスクリームだよ」マルコスが箱を振ってみせた。「食べたいって言っただろう？」

「まあ」タムシンは拍子抜けした。「どちらでも」

「両方だな」マルコスは箱をキッチンのカウンターに置いた。片手を差し出し、グレーの瞳で彼女を射すくめる。「こっちへおいで」

その表情の熱っぽさに、タムシンは我を忘れて手を伸ばした。マルコスはあっという間にナイティをはぎ取った。

「なにをするの？」タムシンはあえぎ、あらわになった胸を両手で隠そうとした。こんなところで！　だれが来るかわからないのに。レイエスやネリダに見られたらどうなるの？

「だめよ――」

「だめじゃない」マルコスは軽々とタムシンを抱きあげ、白いコットンのショーツだけの姿でカウンターの冷たい石の上に横たえて、その前に立った。「さあ、デザートだ」まずチョコレートアイスクリームをスプーンですくう。「口を開けてごらん」

驚いたタムシンは一瞬抵抗をやめ、唇を少し開けた。だが、マルコスはスプーンを口に入れる代わりに、スプーンの裏で彼女の唇をなぞった。冷たく濃厚な味が広がる。おいしい。とてもおいしい。

タムシンは思わず唇を舌でなぞった。「もっともらえる？」小さな声で促してみる。「いいとも」だが、アイスクリームの代わりに、マルコスは前かがみになってキスをした。彼の唇の熱さとゆっくりした舌の動きに誘われ、全身に欲望が広がっていく。キッチンに裸でいることも忘れ、だれに見られてもかまわない気持ちになってきた。マルコスにも裸になってほしい。

タムシンは手を伸ばした。「キスして」

マルコスはからかうように軽くキスをした。もっともっとしてほしい。彼はストロベリーアイスクリームをすくい取ると、スプーンの裏で円を描くようにタムシンの胸をなぞり、頂へと近づけていく。そして、スプーンを裏返してアイスクリームを胸の先端に盛りあげると、唇で吸い取った。

タムシンはあえぎ、ひんやりした石の上で体をそらした。もう一方の胸の上でも同じことが繰り返された。頭がおかしくなりそうだ。

「お願い」マルコスのシャツを引っぱり、ボタンに手をかけてせがむ。「もう待てないわ」

「脱いでほしいのかい？」

タムシンはうなずいた。

マルコスが黒い眉を上げ、いたずらっぽく笑った。「でも、君はアイスクリームだらけだ。キッチンの真ん中で。だれかに見られるかもしれない」

そうだったわ。タムシンは眉をひそめて起きあがった。ボタンを二つ引きちぎってマルコスのシャツをもどかしげにはぎ取ると、それで自分の体を包んだ。シャツは腿までの長さしかなく、一つ残ったボタンでは胸さえ隠せないが、しかたがない。溶けかかったアイスクリームのカップをカウンターに残したまま、タムシンは彼の手をつかんでキッチンを出た。

「セニョール」一階の踊り場に着いたとき、うしろから家政婦の声が聞こえた。「夕食の支度を始めますが、海老《えび》と牛テールの煮込みのどちらに……」その声が最後は悲鳴になった。

振り返ってみると、案の定、家政婦はタムシンの姿を見て眉をつりあげている。でも、かまうものですか。

「海老をお願いするわ」タムシンは髪をかきあげながら言い、さらにつけ加えた。「ただし、ゆっくりにしてね。マルコスと私はしばらく忙しいから」

憤慨のあまりスペイン語でわめいているネリダを尻目に、タムシンはマルコスを引っぱって階段をのぼりはじめた。

「君は変わったな」寝室に入りながら、マルコスが言った。批判されているのかと振り返ると、グレーの瞳は満足げな光をたたえていた。

タムシンは首をかしげ、腰に手を当てて言った。「アイスクリームのせいよ」

「危険な食べ物だな」タムシンがシャツを床に脱ぎ捨てたのを見て、マルコスは目をみはった。タムシンが寝室のドアを閉めてショーツを脱ぐと、彼はうっとりしたように唇を舌で湿した。「実に危険だ。薬でも入っていたに違いない」

「あなたが入れたんでしょう」真っ昼間に一糸まとわぬ姿で男性の前に立っているとは。以前の私なら急いで毛布の下に隠れただろう。でも、今はまるで気にならない。勇敢で恐れを知らぬ女性に変身したようで、爽快《そうかい》な気分だ。タムシンはマルコスのベルトをつかんだ。「一緒に来て」

彼は抵抗しようともしない。「どこへ？」

タムシンはマルコスをバスルームへ引っぱっていった。スペインタイルで囲まれた広いシャワー室があり、ノズルが二つついている。湯をひねると四十一度に設定した。

シャワー室から出たタムシンは膝をついてマルコスのズボンと下着を脱がせた。こんなに近くで男性の体を見たことはない。彼は美しかった。

マルコスの肌に軽く触れ、引き締まった顔を見あげる。私だって彼をじらすことはできる。彼にたまらない思いを味わわせたい。

名案が浮かび、タムシンはにっこりした。むき出しになったマルコスの脚に胸のふくらみをすべらせる。そして両手で腿に触れながら、下腹部に唇をそっとつけた。

「なんということを」マルコスはつぶやき、思わず一歩踏み出した。

アイスクリーム《ディオス・ミオ》をなめるようになおも大胆にキスを続けると、マルコスはたまらなくなったようにあえぎ、タムシンを抱き寄せた。

「いたずらが過ぎるぞ」マルコスはタムシンをシャワー室に押しこみ、色鮮やかなタイルに押しつけた。湯が二人の上に降りそそぎ、髪も体もびしょ濡《ぬ》れになった。

「これでおあいこでしょう?」

「それじゃ、お仕置きをしてやろう」マルコスは壁を背にしたタムシンの腰を持ちあげた。

タムシンが脚を巻きつけると、彼はそのまま体を合わせた。

その衝撃に、タムシンは思わず叫び声をあげた。熱い湯が降りそそぐ中で、マルコスがなおも体を引き寄せる。彼女は頭をのけぞらせて目を閉じ、彼の動きに合わせて胸を揺らしながら、熱い抱擁に応《こた》えた。またたく間にのぼりつめて声をあげると、その直後にマルコスもうなり、二人の声がタイルに反響した。

一瞬、マルコスはタムシンを抱き締めたまま、頬と頬を寄せてじっとしていた。湯がほとばしり落ち、二人の肌の上を流れていく。

しばらくしてようやくマルコスはタムシンを下ろした。タムシンはよろけて、筋肉質の胸に倒れかかった。彼はシャワー室の外にタムシンを導くと、タオルで二人の体をふき、彼女の頬を撫でながらやさしく見おろした。

そこで突然、マルコスの表情が変わった。

「どうしたの？」

「なんでもない」

タムシンはベッドに腰を下ろした。一緒にベッドに入ってほしかったが、彼の表情は石のように硬い。

「話して」

マルコスはドアの方へ行きかけて足をとめ、振り向いた。「君が悪いわけじゃない。君が僕にしたことのせいだ。僕は理性を失ってしまった。こんなことをしたのは初めてだ。生まれて初めてだよ」

「なんのこと？　アイスクリームを食べたこと？　それとも、シャワーを浴びながら愛を交わしたこと?」タムシンは頬を染めた。「私だって初めてよ。すてきだったわ」

笑ってくれるかと思ったのに、マルコスの目はさらに険しさを増した。「今夜マドリッドへ行こう」

「マドリッド? ロンドンじゃなくて?」

「あの町には二度と行く気はない。十二歳のときにそう誓って以来、気持ちが変わったことはない」

ついさっき、彼は豪華なバスルームで私の体を丁寧にタオルでふいてくれた。その表情はやさしく愛情に満ちていた。それなのに、今は嫌悪のまなざしを向けている。

「でも、マルコス、養育権の意見聴取はイギリスで行われるのよ。それに、あっちでの私の評判を変えなくちゃ」

「いや」

マルコスが離れていき、タムシンは寒々とした気持ちになった。彼の冷淡さが体を刺すようだ。彼は私を罰している。なぜかはわからないが、それがタムシンを苦しめた。彼女は呆然《ぼうぜん》として毛布を引きあげ、体を隠した。元気も勇気もどこかへ消え失《う》せてしまい、ただただ悲しかった。

「マドリッドで一週間過ごして、マスコミに僕たちの電撃婚約をたっぷり取材させるんだ。それから、おとぎ話のような結婚式を挙げる。英字紙も記事を載せるだろう。ロンドンじゆうがため息をつくさ、僕たちの〝ロマンス〟にね」

最後の言葉はまるで嘲《あざけ》りのようだった。タムシンのプライドが頭をもたげた。

「結婚は必要ないんじゃないかしら。あなたの調査員が兄の悪事の証拠を集めてくれたら、その情報を使って養育権を渡すように圧力をかければいいわ」

「さっき言ったように、僕は君と結婚するつもりだ」

「でも、私はもう結婚したくなくなったの」

グレーの瞳がきらめいた。「どういう意味だ?」

「あなたこそどうしたの? なぜそんなに怒っているの? 私がなにをしたというわけ?」

マルコスが歯ぎしりしながら髪をかきむしった。「言っただろう。君が悪いわけじゃない」

「だったら、なぜ私を嫌っているようにふるまうの?」

「避妊具を使わなかったんだ」マルコスが吐き捨てるように言った。「今まで忘れたことは一度もないのに。君はもう妊娠しているかもしれない」

「まあ」タムシンは小声で言った。妊娠? まさか。どうして考えなかったのだろう? シャワーを浴びながら、どうして気づかなかったのだろう?

マルコスが皮肉っぽい笑い声をあげた。「そんなに恐ろしそうな顔をしないでくれ」

「してないわ。きっと大丈夫よ。一回忘れただけですもの」

「それで十分だ」

「でも、そんなことが……私たちに起きる可能性は低いと思うわ」タムシンは力なく言った。

心配していないふりを装いながらも、内心ひるんでいた。マルコスと結婚するだけでも自信がないのに、彼の赤ちゃんだなんて。アジズと結婚するより悪いかもしれない。マルコスは私の気持ちを揺さぶるからだ。アジズとは話が違う。

マルコスは心に闇《やみ》をかかえながら、私の愛をかきたてた。私は苦しみと欲望のないまぜになった暗い世界に引きこまれて、そこから出られなくなってしまうかもしれない。

「僕は父親向きじゃない、わかるだろう？　君が妊娠するはずがない。ありえない」激しい口調だった。

タムシンは目をしばたたいてマルコスの手を握った。「私が妊娠する可能性はないと思うけれど、もしそうなったら、なんとか解決しましょう」

「そうだな」マルコスはつぶやき、彼女の手をほどいた。「行こう。メイドたちが荷造りしてくれる。今夜にはマドリッドに着いて、来週には結婚する。僕はついに正直者になるというわけだ」皮肉っぽい笑みを浮かべる。「ネリダに朗報を知らせるかい？」

マルコスを愛してはならない。タムシンは部屋を出ながら自分に言い聞かせた。ニコールの養育権を手に入れるまで結婚生活を送るだけ。彼が父親になることをあれほど恐れている理由はわからないが、きっとうまくいくはずだ。

実際に愛していなくても、二人が愛し合っているとマスコミに思いこませることはできる。心を捧げなくても、毎日を一緒に過ごし、毎晩抱き合うことはできる。

しかし、タムシンは心のどこかでもう手遅れだと感じていた。

6

マルコスはマドリッドに長年住んでいたが、タムシンと一緒にいるとすべてが目新しく思えた。彼女との五日間は、ここに住んでいた五年間よりも活気にあふれた毎日だった。

実のところ、これまではほとんどの時間を仕事に費やしてきた。健康維持のために地元のボクシングクラブで体力作りとストレス発散に努め、ときには友人と飲みに出かけたり、クラブで女性と出会って家に連れて帰ったりした。気楽で制約のない生活。それで楽しかった。人生を意のままにコントロールしてきた。エネルギーのすべてを資産形成につぎこみ、復讐《ふくしゅう》を計画してきたのだ。

だが、タムシンがすべてを変えた。

彼女は理性を失わせる。向こう見ずで血気にはやった少年時代に戻ったように、代償も忘れて、快楽と衝動に突き動かされてしまう。

それが気に入らない。

だが、抵抗できない。

タムシンを信頼するのはまずい。彼女と抱き合って眠り、彼女にとって最初の男性になれたことに誇りを覚えるのは。あれ以来、二人は数えきれないほどベッドをともにした。彼女といると喜びを感じる。信じることができる。とっくの昔に幻とあきらめていたことばかりだ。

でも、もしも彼女が妊娠していたら……。

そんなはずはない。僕が行くところ、すべてが滅びてきた。僕が愛した者はすべて死んでしまった。

家族を持つことはできない。妻を愛するという危険は冒せない。子供を持つのは危険なことだ。

だが、城でタムシンに怒りをぶつけたのは不当だった。僕が魅了されるのは彼女のせいではない。心では信頼していいのかどうか迷いながらも、体が求めてしまうのは、彼女の落度ではない。

シャワー室での出来事以来、二人とも用心を忘れたことはなかった。この五日間は目立つ行動をとり、マスコミの注目を引いて、熱愛ぶりを演出してきた。

グラン・ビア大通りの雑踏の中をバイクで走ったり、カサ・デ・カンポでボートに乗ったり。〈スリスタン〉での深夜のコンサートを楽しんだ翌日は、〈テアトロ・パボン〉のボックスシートで観劇するという具合だ。オレンセ通りでラム酒をベースにしたカクテル、モヒートを飲み、踊り明かした晩もある。エチェガライ通りのフラメンコバーでは、音楽に合わせて無意識に体を揺らすタムシンの白い肌が赤いランタンに映え、マルコスは踊りを見るどころではなかった。

予想どおり、著名なスペイン人大富豪とイギリスの化粧品会社オーナーの若き女相続人の恋愛に関心を持ったマスコミが、いつも二人を追いかけてきた。もちろん、二人は常にボディガードに守られている。アジズがタムシンを力ずくで取り戻すためにおおぜいで襲ってこないとも限らないからだ。

マルコスはアジズにもシェルダンにも電話をかけなかった。そんな必要はなくなった。マルコスとタムシンの写真が世界じゅうの新聞や雑誌に載るたびに、二人に状況を思い知らせ、恥をかかせることができるからだ。

だが、目下の関心の的はタムシンだ。彼女を喜ばせ、妹の養育権を手に入れ、そのあとは自由な人生を送らせよう。二人の結婚は短期間で終わるだろう。そうでなければならない。彼女を愛するのは危険だ。さらに危険なのは、彼女が僕を愛すること。

いつまでも我を忘れて過ごすわけにはいかない。

幸い、これまでのところ、すべては計画どおりに運んでいる。二人の写真が毎日有力紙に掲載されているし、二日前に婚約を発表してからは、イギリスのタブロイド紙にも載るようになった。いちばん気に入っているのは、夜明けにオレンセ通りでタクシーに乗りこむタムシンにマルコスが手を貸している写真だ。タムシンの髪は乱れ、カクテルドレスはしわくちゃで、マルコスの首筋には痣《あざ》ができている。

マルコスは思い出し笑いをした。タムシンがあまりに美しかったので、ダンスフロアでキスをした。そのうち自分を抑えきれなくなった彼は、クラブの地下の空き部屋にタムシンを連れていった。シャンパンやワインの段ボール箱が並ぶ中で、コンクリートの壁を背にした彼女の赤いスカートをたくしあげ、激しく奪った。タムシンがあえぎ、震えながら、首にしがみついてきたことを思い出す。

また踊りに行こう。今夜にでも。

この五日間、復讐のことを完全に忘れていた瞬間もあった。ただ……幸福だった。それがマルコスを不安にさせた。今朝、パセオ・デ・ラ・カステジャーナにある十階建てのオフィスビルに一週間ぶりに出勤した彼は、思わず口笛を吹いていた。半日は仕事をするつもりだったが、一時間足らずで集中できなくなった。タムシンのことばかり考えてしまう。ベッドの中で、壁際で、テーブルの上で、いや、どこでもいい……。

マルコスは大きなチェリーウッドのデスクを見つめた。タムシンも一緒にここに来ていたら楽しかったろうに。だが……。

ノートパソコンを閉じると、秘書二人に今日の仕事はこれで終わりにすると伝えた。

「あつあつね」背後で一人がささやく声が聞こえた。

「ほんと」もう一人があいづちを打つ。

マルコスはしかめっ面をして振り向いた。「いや、訂正だ」二人が不安そうな表情になった。「今週いっぱい休みにする」

「明日もですか?」秘書は唖然《あぜん》としている。「KDLヘッジファンドは? 東京市場は不安定ですから……」

「ご冗談でしょう、セニョール。M&A案件は? ニューヨーク事務所はどうなるんですか?」

「どうにかなるさ」マルコスはにやりとした。「僕はハビアに行く」

スペイン東部のコスタ・ブランカに面した美しい浜辺の町でタムシンとまる三日間過ごそう。待ち遠しくてわくわくする。貸し別荘にこもりきりで、ビーチを歩く暇もないかもしれない。

期待に胸がふくらみ、社員たちの驚いた顔を見るのも愉快だった。一同は信じられないという表情をしている。確かに最近の僕は変わったかもしれないが、文句を言われる筋合いではない。昔は自分の楽しみを追求することはなかったし、夢中になるほどの恋人もいなかった。

マルコスはフラメンコの曲を口笛で吹きながら、ラミレス・イベリカSRL社の広いフロアを横切り、エレベーターのボタンを押した。タムシンは今、スーツケースにどんなドレスを詰めこんでいるだろう？　いや、なにも詰めこまないほうがいい。彼女はなにも着ていないのがいちばんだ。

エレベーターのドアが開いた。中にはターバンと長い衣をつけた四人の大男が乗っていた。真ん中に立つ浅黒い年配の男性が鋭い目で見つめている。

オフィスのざわめきが消えていく。それはアジズの叔父、シーク・モハメド・アル・マグリブだった。世界的な名声と権力と富を持つ男。辣腕《らつわん》で、じゃま者を消すことにも長《た》けている。

マルコスは冷水を浴びせられたような気分になった。エレベーターに乗りこむと、うしろでドアが閉まった。

「君は我が一族のものを横取りしたようだな」シークがにこやかにオックスフォード仕込みの英語で言った。

マルコスはボディガードたちに視線を走らせて力量を値踏みし、攻撃された場合の戦略を立てながら、パソコンのバッグの取っ手を握り締めた。必要とあらば、これを武器に使おう。「彼女は意に反して結婚を強いられたんだ」

「だからといって彼女を自分のものにする権利が君にあるのか？　甥《おい》は君の血を求めてわめき、姪《めい》のハティマも誘拐に憤慨している。報復には一族の名誉がかかっているというのだ」

「アジズ・アル・マグリブには名誉をうんぬんする資格などない。彼は人殺しの泥棒だ」

シークが目をむいた。「私の前でよくそんなことが言えたものだな」

「真実だからだ」

重いまぶたにおおわれた目が感嘆したようにマルコスを見つめた。「大胆な言い分だ。証明できるのか？」

マルコスは歯をくいしばり、首を横に振った。

そのようすを見て、シークが言った。「君の主張が正しいのならチャンスをやろう。証明するために三日の猶予を与える。その間は甥は攻撃を仕掛けないし、花嫁を力ずくで取り戻しもしないだろう。甥を押しとどめておくから、証拠を差し出すがいい」

「もしできなかったら？」

シークは思わせぶりに肩をすくめたが、その表情は厳しかった。「甥以外のことも心配してもらわねばなるまい」


タムシンは広々とした窓から外を眺めた。マルコスの住まいは瀟洒《しょうしゃ》なアールデコ様式のアパートメントの最上階を独占している。ガウンをはおってバルコニーに出ると、コーヒーを片手に、夜明けの冷気の中を歩いた。はるかかなたにはガラス張りの高層ビルが二つ、車の行き交う広い街路の両側にそびえていた。左右対称の二つの塔は求め合うように傾いている。マルコスによると、トレス・キオ、またはヨーロッパ門と呼ばれるビルだそうだ。

まるでマルコスと私のようだと、タムシンはふいに思いついた。求め合いながら結ばれることはない。二人を妨げるものが多すぎる。

彼の贅沢《ぜいたく》な住まいも、パセオ・デ・ラ・カステジャーナやマドリッド西部の金融街のすばらしい眺めも、なぜかむなしく見えた。マルコスは昨晩、突然出かけてしまった。海辺でのバケーションはキャンセルになり、どこへ行くのかも、その理由も、話してくれなかった。彼がいないと、喜びに満ちていたはずの場所がからっぽに思える。

いや、からっぽとはほど遠い。階下にはマルコスが残していった六人のボディガードが控えている。アジズやマスコミ、それに有名人の追っかけがビルに侵入しないよう警護する一方、安否を確認するために頻繁に連絡をよこす。まるで子守と一緒に留守番をさせられる子供のようだと文句を言ったが、マルコスは聞き入れなかった。

昨夜はベッドの中でマルコスを恋しく思った。

タムシンは濃いスパニッシュコーヒーを一口飲んだ。汚れ一つない真っ白なキッチンで自らコーヒーをいれたのだ。三人のボディガードが代わる代わるコーヒーを買ってこようかと申し出てくれたが、そんな必要はなかった。

そもそも、コーヒーを飲みたいのだろうか?

妊娠している可能性はあるのだろうか？　二十三歳のタムシンには母親になる心の準備などできていなかった。愛してくれない男性の子供を産むなんて考えられない。彼のほうも子供を望んでいないのに。

それにしても、どうしてマルコスは子供を持つことをあんなに恐れているのだろう？

タムシンはコーヒーをもう一口飲み、街を眺めた。私の父も子供を持つべきではなかった。父はささいなことですぐ腹を立て、家族を愛するどころか周囲を傷つけるばかりだった。母が亡くなったときにもそばにいなかった。医師に侮辱されたと思いこんで病院の経営者をどなっていたのだ。

結局、母は独りぼっちで亡くなった。母が回復しているものと思っていたタムシンは、期末試験のために寄宿学校にとどまっていた。二歳だったニコールは養育係《ナニー》と家にいて、母を求めて泣き叫んでいた。

ようやくタムシンに母の死を知らせてきた父は、母への愛を口にすることもなく、医師と病院への恨み言をわめき散らし、訴えてやると息巻いた。母の死は彼らのせいだと言わんばかりに。そうすれば母が戻ってくるとでもいうように。

マルコスも同じだ。周囲を傷つけることもいとわず、復讐に夢中になっている。

背筋に寒いものを感じたタムシンは、早朝の冷気の中で薄いシルクのガウンをかき寄せた。

妊娠を恐れるのは当然だ。マルコス・ラミレスは近づいてはならないタイプの男性なのだから。危険で、魅力的で、興奮をかきたてる。でも、夫としてはどうだろう？　父親としては？

父が三人もの女性に愛されたのはなぜか、ずっと不思議に思ってきた。今なら理解できる。

タムシンはおなかに手を置いた。どうかマルコスの子供を身ごもっていませんように。そうでなくても彼を愛しそうになっているのに。いとも簡単に。

私の家族を含め、すべてに復讐しようとしている男性に運命をゆだねることはできない。罪のない子供を傷つけることはできない。私やニコール、そして異母兄がそうされたように。

タムシンは部屋に戻り、入念に身支度をした。バスルームでマスカラをつけると、目をしばたたいて鏡をのぞきこんだ。

今日は幸せな一日になるはずだった。ウエディングドレスを選びに行く予定だったのだ。それなのに、こんな暗い気持ちで、目の下に隈《くま》を作っている。

タムシンは右を向き、左を向いて、顔をしかめた。コンシーラーを塗っても隈が隠れない。ウィンター・インターナショナル社のアンチエイジング・コンシーラーがあればよかったのに。お気に入りの品だが、ウィンター社の製品は海外では手に入りにくくなっている。ブランド管理が悪いのだとタムシンは眉を寄せた。私が男だったら、父は異母兄ではなく私に会社をまかせたことだろう。

もっとも、私が男だったら、コンシーラーなんかには興味を持たなかっただろうけど。なんとか隈を隠さなくては。花嫁になるのは今月これで二度目だが、どちらも夢見てきたような結婚式とは違う。恋愛結婚をずっと夢見てきたのに。

愛なんか必要ないと自分に言い聞かせると、血色がよくなるように頬を思いきりつねった。マルコスのことは好きだ。ベッドで一緒に過ごすのは楽しい。それになにより大切なのは、彼と結婚すればニコールの養育権を手に入れられることだ。

重要なのはそれだけ。愛ではない。愛は夢想であって現実ではない。

それどころか、マルコスを愛していないのは幸運と考えるべきだろう。愛していたら身の破滅だ。

「明日ドレスを選んでおいてくれ」マルコスは出かける前に言った。「好きなのを選べば、デザイナーが結婚式に間に合うように届けてくれる。アシスタントに徹夜で働いてもらうことになるだろうが」マルコスはいたずらっぽく目を輝かせた。「ドレスを脱がせるのが楽しみだ」

妊娠さえしていなければ、彼との結婚も悪くないと、タムシンはエレベーターに乗りながら考えた。そして、私たちは結婚初夜を迎える。マドリッドに来てから、マルコスと過ごす毎日は夢のように楽しい。彼に憤慨しているときでも、なぜか幸せだ。

かっちりしたシャネルのスーツと黒い帽子姿で外に踏み出すと、九月の空気が熱く感じられた。パパラッチたちに大声で名を呼ばれながら、レイエスとボディガードたちに、アパートメントの正面に横付けされたロールスロイスへと導かれる。座席にもたれると、車はカステジャーナ通りをなめらかに走りだした。

別の結婚式、別のリムジン……タルファヤでのことを思い出す。すべてが変わってしまったと思いながら、タムシンは車の行き交うマドリッドの通りを眺め、そして息をのんだ。

「とめて！　車をとめて！」

車が音をたてて急停止した。助手席にいたレイエスが銃に手をかけて飛びおりる。歩道から手を振っていた二人の若い女性が驚いて飛びのいた。次の瞬間、近くにいたパパラッチたちに気づかれる寸前に、三人の女性たちはロールスロイスの後部座席に無事おさまって歓声をあげていた。

「やっと会えたわ！」ビアンカが座席の上で飛びはねた。「私たち、昨日からここにいるの。ロンドンであなたの記事を読んで飛んできたのよ。連絡したけど、携帯電話がつながらなくて。会いに行ったら、ボディガードに追い返されたわ。あなたの結婚相手って世界一のお金持ちかなにかなの？　ボディガードが軍隊みたいにおおぜいいるんですもの」

「ほんとなの、タムシン？」デイジーが割りこんだ。「あなたがマルコス・ラミレスと結婚するっていうのは？」

「ほんとよ」タムシンの目にうれし涙があふれた。寄宿学校時代からの親友のビアンカとデイジーに会えるなんて感激だ。「アジズとの結婚は中止になったの」

二人は歓声をあげた。

「まあ、よかった！」ビアンカがタムシンを抱き締めた。

だが、デイジーは眉を寄せている。「それですぐ別の人と結婚？　またお兄さんと意地悪な兄嫁さんの悪だくみじゃないんでしょうね？　まあ、ちょっと考えにくいけど。写真で見る限り、あのスペイン人はものすごく魅力的だもの」

「そうね」ビアンカがため息をついた。「あんな人と結婚しろって強制されてみたいものだわ」

「実物はもっとハンサムよ」タムシンは言った。「それに兄は関係ないわ。なにもかもマルコスのアイデアなの。結婚式に出てくれる？　二日後なの」

「そうしたいところだけど」ビアンカが残念そうに言った。「私は今晩ロンドンに戻らないといけないし、デイジーは四時間後にニューヨークへ発《た》つの」

「二人とも今晩マドリッドを出ちゃうの？」タムシンはがっかりした。「あと二日延ばせない？」

「そうしたいけど、明日から新しい仕事が始まるの。いつも時差ぼけになるし」デイジーは残念そうだ。

「分子生物学は秋の学期が早く始まるのよ」ビアンカもしぶい顔をした。「準備期間も思ったより骨が折れて」

タムシンは努めて明るく笑った。「それじゃ、せめて今日の午後いっぱい楽しくおしゃべりしましょう。デイジーは新しい仕事の話を聞かせてちょうだい。ビアンカのオックスフォードの話も聞きたいわ。それからウエディングドレス選びを手伝ってほしいの！」

「ウエディングドレス！」ビアンカが大声を出し、タムシンは笑いながら耳をふさいだ。三人のうちではビアンカがいちばんロマンチストだ。イタリア系アメリカ人の富豪の末娘として生まれたビアンカは甘やかされて育ったが、その純粋さと心の温かさは黒い瞳によく表れている。「あなたのウエディングドレス！　もちろんよ！　自分のを選ぶことはないかもしれないもの。私はハイミスの教授になるのが落ちよ。デイジーだって男性を信じてないから、結婚するかどうかわからないし。だから、あなたに代表になってもらわなくちゃ。あなたは私たちの希望の星よ！」

まばたきして涙を払いのけながら、タムシンはうなずいた。一人でドレス選びをしなくてすみそうだ。「私に会いに来てくれてありがとう」

「来ないわけにはいかなかったのよ」デイジーが座席の背にもたれた。ビアンカよりずっとつらい子供時代を過ごしたデイジーは、考え方も楽観的なほうではない。「ビアンカがどうしてもマドリッドに来るっていうから、一緒に来たほうがいいと思って。彼女が口のうまいスペイン人にだまされて身ぐるみはがされないように」

ビアンカがそれに抗議して三人で大笑いするうちに、車はデザイナーのアトリエに到着した。レイエスは玄関で警備につき、三人は予約客用の豪華なソファに案内された。シャンパンとサンドイッチと苺《いちご》が運ばれ、ドレスを身につけたモデルが次々に現れる。一時間後に二本目のシャンパンが開けられたころには、タムシンはすっかりいい気分になっていた。

「あれがいいわ」デイジーがリボンのたくさんついた悪趣味なドレスを指さして笑いころげた。実際、着ているモデルさえ困惑しているようだ。

「いえ、あっちよ」ビアンカは、自分と同じ黒髪のモデルが着ている白いサテンのドレスと長いベールをうっとりと見ている。

だがタムシンには、見た瞬間から心に決めていたドレスがあり、デザイナーにスペイン語で言った。「あれを試着していいかしら、セニョーラ?」

数分後に試着室から出てきたタムシンを見て、親友二人はため息をもらした。

「まあ、タムシン」ビアンカが涙を浮かべてささやいた。「まるで天使みたいよ」

「悪くないわね」デイジーもうなずいた。

三面鏡で自分の姿を見たタムシン自身も息をのんだ。少女のころから抱いていた夢がついにかなったような気がする。

ストラップレスの白いイブニングドレスは、ネックラインがハート形で、ウエストはコルセットでしぼられ、スカートの部分は、幾重にも重ねたチュールの上に刺繡《ししゅう》入りのフレンチシルクが広がっていた。ダイヤモンドのついた細いティアラとベールをかぶったタムシンは、おとぎ話のプリンセスのようだった。

このドレスをこのまま持ち帰りたい。

「サンプルのサイズでぴったりね。きっと値引きしてくれるわよ」

「値引きなんて必要ないわ、デイジー」タムシンはまだ鏡に見とれながら、うわの空で言った。

デイジーが眉を上げる。「たしか、前に信託基金を盗まれたって言わなかった?」

「もうそんなことは問題じゃないの」タムシンは体を左右に揺らし、スカート生地の上で躍る光に見入った。「マルコスにはあり余るほどお金があるから」

デイジーはためらった。「でも、そのために結婚するわけじゃないでしょう?」

「もちろん違うわ!」ビアンカが代わりに抗議した。「結婚するのは正当な理由があるからよ」

デイジーが首をかしげた。「妊娠しているの?」

「してないわ!」タムシンは目を見開いた。「妊娠なんかしていない」そうでありますように。「それに、彼のお金には興味はないの。私が結婚するのは……」

妹の養育権を手に入れるためだと言おうとした。ところが、口を開いたとたん、さまざまなイメージが頭をよぎった。オレンジ畑の中で危機に直面したときの厳しいまなざし。グランセ通りのクラブでキスをするマルコス。眠っているときの少年のような顔。グラン・ビアで追い越そうとタムシンがバイクを飛ばすのを見て大声で笑うマルコス。

怖い顔のマルコス、怒るマルコス、笑うマルコス。目覚めてすぐ抱き寄せてくれるときのセクシーな瞳の輝き。そして、喜びに我を忘れそうになるまで続けてくれるキス。

タムシンはしゃがみこんだ。「彼を愛しているからよ。どうしよう、私、彼を愛しているの」

「もちろんよ」ビアンカがなだめるように言った。

しかし、デイジーはタムシンの目をのぞきこんだ。「どうしたの、タムシン？」

タムシンは両手で顔をおおった。「便宜上の結婚なのに、彼を愛してしまったのよ。自分がこんなに愚かだったなんて、信じられない」

デイジーはドアのところにいたデザイナーのアシスタントたちにぴしゃりと言った。「あっちへ行っててちょうだい。シャンパンがなくなったらまた呼ぶから」だが、タムシンの方に向き直ったときの声はやさしかった。「便宜上の結婚？　お金のため？　そんなひどい話なの？」

「ええ、いいえ」タムシンはこめかみをこすった。「兄はニコールをほったらかしにしていたの。マルコスの妻になれば養育権を手に入れられる。妹を守って幸せにしてあげられる。でも、まさか……」

「恋に落ちるとは思わなかったというわけ？」

タムシンは弱々しくうなずいた。

「悲しむことはないわ。いいことじゃないの！」ビアンカが叫んだ。「あなたが彼を愛して、彼があなたを愛して、ずっと幸せに暮らす。それのどこが悪いの？」

「悪くないわ。彼が私を愛していれば。だけど、そうじゃないし、これからもありえない。彼には計画があって、それは私には関係ないの」

「確かなの？」デイジーが尋ねた。

〝僕はなにも約束しない〟と言ったときのマルコスの厳しい顔を思い出す。タムシンが近づきすぎると、彼は避けようとする。コスタ・ブランカでの休暇も、前日になって説明もなくキャンセルされた。そしてなによりも、〝復讐はあきらめない。だれのためであっても〟と言ったときの険しい目つきは忘れられない。

「確かよ」タムシンは静かに言った。

「ばかなことを言わないで」ビアンカがタムシンの肩をたたいた。「きっとうまくいくわ。時間をかけるのよ。あなたのことを愛さない人なんていないわ。結婚したら、彼は計画のことなんか忘れてあなたに夢中になるわよ。待つの。ぜったいうまくいくわ」

タムシンはベールの端で目をぬぐいながら、その言葉を信じられたらと願った。「そう思う？」

「それは違うわ、ビアンカ」デイジーがこわばった顔でタムシンを見た。「あなたが彼を愛していて、彼のほうは愛していないとしたら、結婚するのは最悪よ。身の破滅よ。このまま結婚しちゃいけないわ、タムシン。だめよ」デイジーはタムシンのベールをはずして身を乗り出した。「逃げなさい。信じて。今すぐ逃げるのよ」

二人を空港で降ろしてマルコスの家に戻ってから、タムシンはデイジーの言葉について考えた。彼女の警告を押しきって持ち帰った理想のウエディングドレスを見つめ、チュールとシルク地にそっと指を走らせる。少女っぽいロマンチックな夢はとっくの昔に捨てたと思っていたけれど、今はその夢をかなえたい一心で胸がせつなくなる。

どっちの見方を信じるべきだろうか？　ビアンカの、それともデイジーの？

昔なら間違いなくデイジーの意見を選んだだろう。

でも、それは昔のことだ。長らく忘れていた夢を思い出す前のこと、恋におぼれてしまう前のことだ。

マルコスと結婚すべきだろうか？

タムシンはマルコスのベッドの上に広げたウエディングドレスを見つめたかと思うと、

いきなりドレスを身につけ、裸足《はだし》のまま廊下を行ったり来たりした。ベールをかぶって鏡をのぞきこみ、それから目を閉じて教会を歩いていくところを想像した。マルコスが祭壇に立ち、愛情に目を輝かせている……。

「なんとまあ」マルコスのかすれ声《ディオス・ミオ》が聞こえた。

くるりと身をひるがえすと、マルコスが玄関に立っていた。

タムシンは頬を染めながら両手を差し出して制した。「とまって！　待って！　結婚式の当日まで見てはいけないの。そうでないと不幸に……」

パソコンのバッグが床に音をたてて落ち、マルコスが駆け寄った。ドアが閉まりきらないうちに、マルコスがタムシンをつかまえた。彼はベールごしにキスをしてから、薄布を取りのけた。

「タムシン、僕はどうかなりそうだ」マルコスが彼女の頬に唇をつけてささやいた。「君に会えなくてどれほど寂しかったか想像できるかい？　帰ってきて、こうやって君に会えて……」

マルコスはもう一度むさぼるように唇を合わせ、欲望の激しさを見せつけた。タムシンが腕をまわすと、彼はすかさず抱きあげた。ベッドルームへ向かう二人のうしろにドレスの長い裳裾《もすそ》がなびき、彼の胸に顔を押しつけたタムシンのまわりでチュールがふわふわと揺れた。

タムシンの心臓が高鳴りはじめた。彼を求めているだけでなく、告げたいことがある。マルコスはタムシンをベッドへ運ぶと、マットレスの上に下ろした。コートを脱ぎ、ネクタイをほどいて、炎のくすぶる瞳で見おろす。私はこの人を愛している。それしか考えられない。

マルコスはカフスボタンをはずしてシャツを脱いだ。日焼けしたたくましい胸があらわになる。私はこの人を愛している。その思いで再び頭がいっぱいになった。

衣服をすべて脱ぎ捨てて生まれたままの姿になったマルコスは、片膝をベッドについて手を伸ばした。

そして、ふんわりしたスカートをたくしあげ、その下に顔をうずめた。スカートに隠れてタムシンには見えないが、彼の息が、唇が、脚の間をなぞっていくのがわかる。そして、秘めた部分をゆっくりとさぐられて、タムシンは体を弓なりにした。固いコルセットに胸が当たった。

彼が欲しい。でも、それだけではない。その言葉を口に出すまいとしてタムシンは体を震わせた。言うことはできない。言ってしまったらすべてが終わりになる。彼は私を愛していないし、これからも愛することはないだろう。

でも、それは幸いと考えるべきかもしれない。彼が私を愛しながらも、復讐心を燃やしつづけたら、私だけでなく、子供たちも傷つくことになる。私のような悲しい思いを子供たちに味わわせるわけにはいかない。

私は彼を愛していない。ただ、のぼせているだけだ。単なる思いこみで、愛ではない……。

マルコスが大きな手でタムシンの脚をなぞりながら顔を近づけ、首筋にキスをした。彼の情熱の証《あかし》が感じ取れる。そのまま体を合わせようとする彼に向かって、タムシンは小さく叫んだ。

「そのままではだめよ！」あわててとめた。

マルコスはかぶりを振り、小さな声で悪態をつきながらサイドテーブルに手を伸ばした。

「許してくれ、君といると理性を失ってしまう」

それはタムシンも同じだった。マルコスの顔をじっと見つめる。すべてがいとしい。鼻《び》梁《りょう》の張り出した鼻も、高い頬骨も、眉の間にある細い縦じわさえも。彼はウエディングドレスを着たままの私を抱こうとしている。彼への愛で胸が張り裂けそうだ。このまま愛を告げなかったら、心臓がとまってしまうかもしれない。


君のいない夜は寂しかった。

タムシンにそう告げたいと思ったが、言葉が喉の奥につまった。マルコスはアジズを追及するための証拠をさがしにアガディールへ行っていた。証拠は今日にも手に入ることになっている。シェルダンは今ごろマドリッドへ飛んでいるはずだ。だが、アガディールから急いで帰ってきたのはそれが理由ではない。向こうでは一睡もできず、なにも食べられなかった。

タムシンのことで頭がいっぱいだった。

今、こうしてタムシンを腕に抱いていると、安心感があふれてくる。かけがえのない宝物、最愛の友人を危うく失いそうになったような気分だ。

見おろすと、タムシンの炎のように赤い髪が枕《まくら》の上に広がり、ダイヤモンドや薄いベールとからみ合っていた。彼女のウエディングドレス姿がマルコスの心を惑わせた。大きなベッドに横たわり、欲望と無垢《むく》さと謎《なぞ》がないまぜになった燃える瞳で見つめる姿は、彼の仮面を打ち砕くには十分だった。彼女を奪い、所有し、自分のしるしをつけたいと、体じゅうが叫んでいる。

タムシンが見あげた。そのブルーの瞳は夏の嵐《あらし》のように深い色合いだ。

「私……あなたを……」タムシンはそこで口ごもり、唇を噛《か》んだ。「ウエディングドレスがくしゃくしゃだわ」

マルコスはこらえきれなくなったようにドレスに手をかけた。タムシンの胸に、腰に、なめらかな肌に触れたい。「そんなことはかまわない」

「ファスナーは……」

タムシンが言いおえないうちに、マルコスはドレスの前を引き裂いて、あらわになった肌に指をすべらせていた。タムシンは憤慨しつつも、喜びの声をもらした。

「新しいドレスを買ってあげるから」マルコスは首筋にキスをしながら、かすれ声で言った。会いたくてたまらなかった。この肌に触れ、この声を聞きたかった。たった一晩離れていただけなのに、砂漠で水を求めるように恋い焦がれるとは。「何十着でも好きなだけ買ってあげよう」

「何十着？」タムシンがセクシーな笑い声をあげた。「私と何回結婚するつもりなの？」

マルコスは裸のタムシンを見おろした。

「一回だけ」真顔で言ってから、離婚について考えていなかったことに気づき、自分で驚いた。

彼女を手放すつもりはない。ぜったいに。

ずっとそばにいたい。

そんな思いを、マルコスは頭から追い出そうとした。彼女を必要としてはいけない。だれかを必要とするなんてとんでもないことだ。彼女だっていつ去ってしまうかわからない。ロンドンへ帰るかもしれないし、ほかの男性と恋に落ちるかもしれない。

雨の夜に車のスリップ事故で死ぬかもしれない。

そして僕は悲嘆にくれる。打ちひしがれる。昔のように。

いや、考えてはならない。

マルコスは目を閉じ、タムシンと一つになった。タムシンが喜びの声をあげる。彼はそのままじっと動かなかった。そうしていると全身が歓喜で満たされる。快感に酔いしれ、我を忘れてしまう。彼女はなにもかも忘れさせてくれる。こんなにも彼女を求めているということ以外のすべてを……。

マルコスは目を見開いた。彼女はあまりにも重要な存在になりすぎている。この状態を終わらせなければならない。彼女を手放そう、どんなにつらくても。彼女を自由にするのだ。恐ろしいことが起きる前に。あのときのような……。

「愛しているわ」タムシンがささやいた。

マルコスは息をのんで体を引いた。タムシンが輝く瞳で見つめている。

「いや」マルコスは硬い声で言った。「二人の間ではそんなことを言う必要はない。そんなせりふはマスコミの前で言えばいい」

タムシンの顔がこわばった。「でも、本当なの、マルコス。いつのまにかあなたを愛していた――」

「やめてくれ！」マルコスは体を離すと、彼女の手を引っぱって起きあがらせた。「君が愛しているのは僕ではなくて、これだろう」

繊細な指の動きで脚の間を愛撫《あいぶ》され、タムシンはあえぎ、身もだえした。

マルコスはその声を無視してタムシンの両手を頭上に持ちあげ、両手首をつかむと、背中をヘッドボードに押しつけた。そのまま体を合わせ、片方の胸の頂を唇ではさむ。タムシンが首を左右に振りながらあえいだ。マルコスはさらに深く体を沈めた。

「お願い」荒い息をつく。「お願い、聞いて……」

「マルコス、私、あなたを――」

言いおえる前に、マルコスは唇でタムシンの口をふさいだ。さらに強く、激しく、彼女を傷つけようとするかのように力をこめる。こんな獣のような僕を彼女が嫌ってくれればいい。二人が元のようになれればいい。

だが、タムシンがマルコスの腕の中で体を震わせてあえぎ、のぼりつめて、〝愛してるわ！〟と叫ぶのをとめることはできなかった。

彼女は僕を愛しているのだ。

その思いは、マルコスの心を芯《しん》から揺さぶった。タムシンを傷つけたくない。彼女だけは。彼女のおかげで二十年ぶりに笑い、喜びを感じ、生きる楽しさを思い出すことができた。彼女を傷つけるくらいなら死んだほうがましだ。彼女をずっと守りたい。

それが、僕のような男から彼女を救うことを意味しているとしても。

マルコスは唐突にタムシンから離れた。ドアのところへ行き、自分のガウンをつかむと、ぞんざいにタムシンに向かって投げた。

「身支度をしてくれ」彼はそっけなく言った。「君は出かけるんだ」

タムシンは目をしばたたき、引き裂かれたウエディングドレスの中でもがきながら起きあがった。「出かける?」とまどいがちにきき返す。「どこへ?」

「ロンドンだ」マルコスは急いで服を着た。もう彼女に触れてはならない。彼女の幸せのためには、忘れなければならない。柔らかな肌も、晴れやかな笑みも、瞳の輝きも。彼女と出会ったことさえ忘れなければならない。

「ロンドン?」タムシンの苦しげな表情がマルコスの胸をうずかせた。

マルコスは冷酷に言い放った。「君の妹さんに会うためだ。結婚式は取りやめる」

7

タムシンは悲痛な思いを噛《か》み締めた。

マルコスが衣装だんすに手を伸ばし、たくましい体に仕立てのいいシャツをはおった。どうして愛しているなどと言ってしまったのだろう？　三分前まで、彼はウエディングドレス姿の私を抱いて夢中にさせてくれていたのに、今はこちらを見ようともしない。史上最短の婚約だ。

でも、わかっていたはずだ。愛していると口にしたら、こうなることは。はかない望みを抱くあまり、つい口に出してしまった。彼のほうも愛していると言ってくれて、考えを変え、復讐《ふくしゅう》の計画を忘れてくれたらいいと願って。

それに、言わずにはいられなかった。恋をしたのは生まれて初めてだったから。でも今は、恋がどれほど苦しいものか思い知らされている。

タムシンは暗い表情でモダンなベッドルームを見まわした。黒塗りのベッドの端にはねのけられた羽毛布団は真っ白で、暖炉は黒い。室内はすべて黒と白で統一されている。色彩はまったくない。灰色すらない。

「私があんなことを言ったから結婚式を取りやめるの?」

シャツのボタンをとめていたマルコスがようやく振り返った。「そうだ」

喉が苦しい。「でも、結婚しなくてはならないでしょう。妹が――」

「今日の午後、シェルダンと会う。ニコールの養育権は必ず手に入れる。約束どおりに」

「兄がここへ来るの?」

「シーク・モハメド・アル・マグリブが昨日僕のオフィスにやってきて、アジズを告発する証拠を要求した。それでモロッコへ行ったんだが、二十年たっているから証拠はほとんど残っていない。シェルダンの証言とサインが必要なんだ」

「兄とアジズがなにをしたのか、私に話してくれない?」タムシンは静かに言った。

マルコスが首を横に振った。「秘書に言って、君のために次のロンドン行きのフライトを予約させる。僕の弁護士が妹さんの養育権の交渉をまとめるだろう。これが僕たちにとっていちばん手っ取り早い決着なんだ。そうすれば二度と会わずにすむ」

二度と会わない?　永遠に?

その瞬間、タムシンの心はウエディングドレスのように引き裂かれた。これがいちばんいいのだと自分に言い聞かせようとしたが、立ちあがって裂けたシルクで体をおおいながら、泣くまいとするのが精いっぱいだった。

「どうしてそんなに大騒ぎするのかわからないわ。私があなたを愛しているというだけで、なぜ私を追い払おうとするの？　どうしていけないの？」

マルコスの表情が硬く、険しくなった。「君を大切に思うからだ、タムシン」彼は歯ぎしりするように言った。「さあ、これで満足か？　大切に思っているから、君が傷つくのを見たくない。このまま一緒にいたら、君はきっと傷つくことになる」

そのとおりだ。マルコスは私を傷つけ、もしも子供が生まれたら、子供たちも傷つけることになるだろう。私を追い帰そうとするマルコスの思いやりに感謝すべきではないか。一目散に逃げ去るべきだ。うしろも振り返らずに。

だが、タムシンは逃げなかった。動くことすらできなかった。

マルコスを愛していたから。

「シークは、僕が彼の一族を侮辱したと思っている」マルコスは暗い声で言った。「そして、僕が二日以内に証拠を示さない限り、戦いが始まるに違いない。君には百万キロのかなたまで逃げてほしいところだが、ロンドンで十分だろう」

「私を彼らから守ってくれるつもりなの？」

マルコスは首を横に振った。「彼らだけじゃない。僕を愛する者たちは傷ついたり、もっとひどい目にあったりした。君にはそうなってほしくない。君だけには」彼は背を向けて歩きだし、ドアのところで振り返った。「さよなら、タムシン」

そして、再びドアの方を向いた。彼は永遠に私から去ろうとしている。

「もしも私が妊娠していたら？」

マルコスは一瞬ためらい、背を向けたまま低い声で言った。「僕はずっと君たちの面倒をみるだろう。必要なお金は用意する。だが、二人とも僕と一緒には暮らさないほうがいい」

タムシンは両手を頬に当てた。反論のしようがない。確かにマルコスの言うとおりだ。

しかし、マルコスが歩み去ろうとすると、彼女はたまらなくなって走りだした。

ドアに駆け寄り、マルコスの前に立ちはだかる。「私はあなたと一緒にいるわ」

マルコスは怒ったようにため息をついた。「タムシン――」

「兄との話し合いのためよ。あなたがなんと言おうとかまわない。ニコールを守ることがなにより重要ですもの。兄に会ったら、あなたは私を助けることなんか忘れて、兄を窓から突き落とすかもしれないでしょう。カミラがニコールの後見人になるなんて許せないわ」

「窓から突き落とす？　僕はそれほど向こう見ずじゃない」

「妹の安全を確かめるまでは出発できないわ」

マルコスの瞳は氷のように冷たかった。「妹さんは今は安全だ。シェルダンと妻がゆうべロンドンへ連れていって、以前の養育係《ナニー》に預けた。たしかアリソンとかいう……」

「アリソン・ホランド？」

「そうだ」

タムシンは安堵《あんど》のため息をついた。アリソンと一緒なら、ニコールは寒さからも飢えからも守られ、安心して過ごせるだろう。アリソンは昔、タムシンのナニーだったこともある。

「シェルダンは信頼できる保護者のふりを装っている」マルコスが厳しい声で続けた。「僕たちにどうしても養育権を渡してもらわなければ」

「やっぱり私はここに残って解決を手伝うわ」

「時間のむだだ。数時間で僕の考え方を変えることはできないぞ」

「わかったわ。結婚式は取りやめね。そもそも、結婚を提案したのは私のほうじゃないし」タムシンは決然として言った。心の痛みも、ずたずたになって肩から下がっている美しいドレスをもう一度まといたいという願いも、もう忘れよう。二人の関係を終わらせることがベストの選択だ。そう自分に言い聞かせた。「ニコールのためにここに残るわ。あなたのこととは関係なく」

マルコスが唇をゆがめた。「いいだろう」

「いいわね」

マルコスが向こうへ歩きかけた。

「マルコス？」

「なんだい？」

「お礼を言いたいの」タムシンは深く息を吸いこみ、マルコスの目を見つめた。真実を口にしなくてはならない。たとえそれがどんなにつらくとも。「あなたが私を愛さなかったことに感謝するわ」

タムシンは金融街の中心にあるマルコスのモダンなオフィスにいた。デスクのうしろにある広い窓からはパセオ・デ・ラ・カステジャーナが見渡せる。マルコスのアパートメントも向こうに見える。あそこで彼の腕に抱かれ、ベッドルームで喜びに酔いしれていたころに戻れたら。彼を愛しているのに気づかなかったころに。

椅子の縁をつかんで、紅茶に息を吹きかけた。これでもう十回目だ。背後に立つマルコスが両肩に手を置いてくれているが、それがかえってタムシンを落ち着かない気持ちにさせた。

「シェルダンはもう君を傷つけることはできない」

「ニコールの幸せを壊すことはできるわ」

「もうそんなことはさせない」

タムシンの手は震えていた。紅茶を一口飲んでみて、冷めているとわかった。到着してすぐにマルコスの秘書が運んでくれた紅茶に、それからずっと、まるでラマーズ法で出産する妊婦のように何度も息を吹きかけていたのだ。

そのことに気づいて、タムシンは思わずおなかに手をやった。落ち着かなければ。妊娠しているはずはないし、もうすぐその証拠が得られるだろう。マルコスが言うようにここから去って、ニコールとともに、彼の心の闇《やみ》や復讐とは無縁の新生活をスタートさせよう。ニコールにふさわしい生活を。

それを喜ぶべきだ。

でも、マルコスと別れるのは、死ぬまで牢獄《ろうごく》に閉じこめられるほどつらい。

「さっきの言葉はどういう意味だったんだい？」マルコスが突然尋ねた。

「さっきの言葉？」タムシンはきき返したが、彼の言いたいことはわかっていた。

マルコスは彼女の肩に手を置いたまま、謎《なぞ》めいた表情で見おろした。「僕が君を愛さなかったことに感謝するというのは？」

タムシンの指先と爪先が急に氷のように冷たくなった。でも、きかれたのだから答えなくては。

「あなたが復讐を求めているから」彼女は静かに言った。「憎しみのうちに一生を送ろうとする人とは一緒には暮らせない。あなたと結婚したら、私は傷つくことになるわ。私たちの子供も傷つくでしょう。ただ、それがわかっていても、私はあなたに惹《ひ》かれずにはいられなかった」二人の視線がからみ合った。「だから、あなたが私を愛さなかったことに感謝しているの」

マルコスの手に力が入った。「タムシン――」

「ウィンター夫妻が見えました、セニョール」インターコムから秘書の声が聞こえた。

マルコスはデスクの上のボタンを押した。「入ってもらってくれ」ボタンを離し、歯をくいしばる。「シェルダンが妻を連れてきたとは驚いた」

「私は驚かないわ」タムシンは紅茶をもう一口飲んだ。マルコスに真実を話してしまった動揺からまだ立ち直れないのに、カミラと話し合うために身構えなければならないのだ。

「彼女はマクベス夫人のタイプなの。兄にあれこれ命令するのよ。結婚する前はそれほどひどくなかったんだけど」

ドアが開き、タムシンは震える脚で立ちあがった。

「ウィンター夫妻です」秘書が告げ、なまりのある英語で尋ねた。「紅茶かコーヒーをお持ちしましょうか?」

「けっこうよ」カミラが言った。

「僕はスコッチがいい」シェルダンが言う。

「僕がつごう」マルコスがシェルダンを鋭いまなざしで見つめると、秘書はうなずいて出ていった。

シェルダンは見つめられてそわそわしている。タムシンはマルコスのこわばった顎と握り締めた拳《こぶし》を見ながら、本当にシェルダンを窓から突き落とすのではないかと不安になった。冷静な表情をどうにか保ってはいるが、いつシェルダンの首を絞めないとも限らない。

マルコスが立ちあがり、小さなグラスにスコッチをついだ。白い歯をちらりとのぞかせ、シェルダンにグラスを渡す。「お座りください」

「それより、我々をここに呼んだ理由を先に話してもらおう」シェルダンが言った。「たいした度胸じゃないか」

「座るのよ、シェルダン」カミラがきつい口調で言った。自分は棒のような脚を組んで座り、高価なバッグを膝にのせている。「ミスター・ラミレスに話してもらいましょう。この話し合いが早く終われば終わるほど、かわいい妹のもとへ早く帰れるんだから」

「かわいい妹?」タムシンが声をあげた。「あなたが信託資金を整形手術やスキー旅行のために使ってしまったから、妹は飢えて悲惨な目にあったというのに!」

カミラは刺《とげ》のある笑みを浮かべた。「あの子に自立のチャンスを与えようとしただけよ。あなたの例があったから」

「私?」

「そうよ。あなたは俗世間から離れたところで育ったのに、ロンドンに戻ったら名うての尻軽女になったわ。子育ての方法を変えたほうがいいと思って」

「まあ、あなたって……」タムシンは椅子から立ちあがり、カミラの気取った顔を平手打ちしかけた。

マルコスがそれをとめ、シェルダンに向かって冷ややかに言った。「その雌猫にはちゃんと紐《ひも》をつけておいたほうがいい。でないと後悔することになるぞ」

シェルダンは唖然《あぜん》とした表情をしている。カミラを抑えつけるなど考えたこともなかったようだ。

「なんて失礼な人なの」カミラは憤然として小鼻をふくらませた。彼女の顔の中で整形手術をしていないのはそこだけなのだろう。「そんなことを言って、後悔するのはあなたのほうよ。これでニコールの養育権の値段は十万ポンドははねあがったわね」

「あなたは妹を売るつもりなの?」タムシンは叫んだ。

「いけないかしら? ニコールの信託資金はほとんど底を尽いたの。私たちにはもう役立たずだけど、ほかにならもっと高く売れるわ。アジズならブロンドの少女にいくらでも出すでしょうよ」

タムシンは一瞬、息をつまらせた。「あなたには心というものがないの?」

「もちろんあるわ」カミラは誇らしげだ。「裁判所もきっとそう思うでしょう。あなたが横取りしようとしたら、私があの子をどんなに愛しているか主張するつもりよ。そして、あなたたちの忌まわしい秘密をマスコミにばらしてやる。でっちあげだってなんだってかまわないわ」

タムシンはマルコスに目をやった。彼はデスクのうしろの回転椅子に座って静かに話を聞いている。どうしてなにも言わないのだろう？

カミラは完璧《かんぺき》にマニキュアをほどこした爪を見おろした。「お金で解決したほうが身のためよ。ミスター・ラミレスに支払い能力があることはわかっているわ。ニコールの価値は、前は二百万ポンドだったけど、今は十万ポンド増し。時間がかかればかかるほど請求額は上がるわ。当然のことでしょう」

マルコスは頭のうしろで両手を組み、考えるように首をかしげた。「それで、あなたは奥さんと同じ考えなのかな、ミスター・ウィンター？」

シェルダンは唇を噛んだ。「もちろん、我々はニコールをハーレムに売るわけじゃない。そんな野蛮なことは――」

「黙っててちょうだい、シェルダン」カミラが声をあげると、シェルダンはまごついて黙りこみ、スコッチをこそこそとすすった。

「わかった」マルコスがゆっくりと立ちあがり、にこやかに言った。「僕には別の案がある」

「もっといい案というわけ？」

「僕はそう思う」

「それじゃ、話してちょうだい」

「タムシンのことはだませても、僕はそうはいかない。世間知らずで心のやさしい二十三歳の女の子じゃないからな、僕は」マルコスの笑顔を見て、タムシンの背筋を冷たいものが走った。「君たちと同類の残忍な男だ。もっと悪いかもしれない。君たちに二つの選択肢を与えよう。第一は……児童遺棄の罪で二人とも刑務所に入ることだ。裁判所を説得できるだけの証拠も手に入れてあるし、必要とあらば評決を動かすだけの資金力もある。スキャンダルは君のビジネスにとってとどめの一撃になるだろう。児童虐待に関係した会社から化粧品を買う女性はいまい。君たちには腕ききの弁護士を雇うだけの金もないだろうから、重い判決を覚悟することだな」マルコスはタムシンの目の前に立って、デスクに寄りかかった。「君たちにとってはこれが最善の案だ」

「そんな話、聞いている必要はないわ」カミラが言った。「シェルダン、帰りましょう」

カミラは椅子から立ちあがったが、マルコスが座れという身ぶりをした。

言葉を失ったカミラの姿を、タムシンは初めて見た。

「第二の選択肢だが、こちらはあまり寛大なものとは言えない。僕がどうやってタムシンを誘拐したかはもう知っているだろう。僕にとってはたやすいことだった。君たち二人を消すのも簡単だ。君たちの行方はだれにもわかるまい。百年たって考古学者に砂の下から発見されるまでは」

カミラは唇を噛み、プラダのバッグを貧相な胸に抱き寄せた。

「妻を怖がらせるのはやめてくれ」シェルダンが弱々しく抗議した。

「怖がるべきなのは君のほうだ」マルコスがシェルダンの方を向いた。「僕は二十年間、君に償わせる日を夢に見てきた」

シェルダンは仰天した。「僕に？　君がアジズに恨みを抱いているのは知っていた。だが、なぜ僕に？　我々は会ったことすらないのに」

「アジズが僕の父から盗んだアンチエイジング・クリームの製法を、君は二十年前に買い取った。君の弁護士が判事を買収して、特許を君に取得させたんだ。僕の父は破産に追いこまれ、母と弟と一緒に死んだ。それ以来ずっと、僕は復讐を夢見て暮らしてきた。その日がついにやってきたというわけだ」

タムシンは呆然《ぼうぜん》としてマルコスを見つめた。マルコスの父がアンチエイジング・クリームの製法の考案者だったとは。あのクリームならよく知っている。ウィンター・インターナショナル社のいちばんの売れ筋商品だ。自分も眠れなかった翌朝には目の下の隈《くま》を隠すためにコンシーラーをよく使う。シェルダンはそれを自ら考案したと主張してきた。シェルダンがなし遂げた唯一の成果だし、父親にほめられたのもそれだけだった。

それがマルコスの父から盗んだものだったとは。

そして、マルコスの一家は、最愛の幼い弟も一緒に全員が死んでしまった。でも、どうやって？　なにが起きたのだろう？　マルコスはどうして生き残ったのだろう？

シェルダンの前に立ったマルコスは、撃鉄を引いたライフルのように体をこわばらせている。私の両腕で抱き締めて、なにもかも大丈夫だと言ってあげたい。寄り添って私の愛で癒してあげたい。

いや《いや》、マルコスは私の慰めなど求めていない。その正反対だ。彼は今にもシェルダンの心臓をもぎ取りそうな顔をしている。

タムシンはおびえた。

シェルダンは真っ赤な顔に汗を浮かべている。「僕は研究開発に三度も失敗していた。あのままだったら父は僕を殺していたかもしれない。クリームの製法を知って、どうしても手に入れたいと考えた。でも、他人を傷つけるつもりはなかった！　神に誓って言うが、だれかが死ぬとわかっていたら盗みはしなかった」

「そのとおり。君は処方を盗んでから二十年間、安楽に暮らしてきた。だが今や、ウィンター・インターナショナル社は崩壊寸前だ。君がつぶさなかった会社を、僕がつぶす」

「君は意図的に僕を破滅させるつもりか？」

「そうだ。まだこれでは終わらない。君には僕の家族と同じように苦しんでもらう」

マルコスが拳を握り締めて前へ踏み出した。彼が異母兄を殺すのではないかと恐れるあまり、タムシンは自分の不安を忘れた。マルコスは少なくとも人を殺したことはないはずだ。殺人犯にさせてはならない。

タムシンは立ちあがってマルコスの肩をつかんだ。振り向いた彼の瞳は怒りに燃えている。一瞬、彼女は殴られるのではないかと思った。

「マルコス」そっと名を呼ぶ。

その声にマルコスの怒りが少しやわらいだようだ。

彼は深く息をつき、シェルダンの方に向き直った。「君がすべきことはこうだ。まず、妹さんの養育権をタムシンに引き渡す。それから、アジズの窃盗を証明するために供述書を作成して署名する。そうしたら命は助けてやろう。無一文で刑務所に入るかもしれないが、命だけは助けてやる」

シェルダンは唇をなめた。「わかった」あきらめたようにため息をつき、禿《は》げかかった頭を撫《な》でる。「ようやく報いを受けてほっとしたような気持ちだ。タムシン、ニコールを連れていくがいい。僕がいい保護者だったかどうかはわからないし」

「臆病者《おくびょう》!」カミラが立ちあがってシェルダンをにらみつけると、バッグを肩にかけた。「弱虫だってことは前からわかっていたけど。あなたとはもう縁を切るわ。私たちはこれで終わりよ。おじけづいて降参したりしない男を見つけるわ」

カミラはそのまま飛び出していき、シェルダンは目を赤くしてそのうしろ姿を見送ったが、引きとめようとはしなかった。それから、マルコスを見あげて言った。「さてと、どんな書類にサインすればいいんだい？」

これが復讐の味というものなのか。

マルコスは手にした供述書を見つめ、シェルダンをエレベーターまで送っていったタムシンが戻るのを待っていた。デスクの上の養育権合意書の横にゆっくりとそれを置く。そして、シェルダンの署名をじっと眺めた。二十年待って、ようやくシェルダン・ウィンターを破滅させることができた。アジズ・アル・マグリブの犯罪の証拠を手に入れた。僕は勝ったのだ。

だが……こんなはずではなかった。勝利の味はどうしたのだろう？　心の平和は？

〝私を愛さなかったことに感謝するわ〟

マルコスは唐突に回転椅子をまわし、広い窓の方を向いた。真っ青な空に九月らしい灼熱《しゃくねつ》の太陽が輝き、アスカ地区に林立する高層ビルがあちこちに影を落としている。街を見おろすと、舗道のカフェで人々が日差しを楽しんでいた。

ふいに、家族とともにイギリス南部で過ごした休暇が思い出された。雨が三日間降りつづいたあと、突然空が晴れたので、日差しを浴びようとみんなで浜辺へ駆けだした。今でも目を閉じると、弟の笑い声が遠くに響き、肩を抱いてくれた母の腕が感じられ、波の音を背景に父のやさしい声が聞こえてくるような気がする。

しかし、その記憶はすぐに、タイヤの悲鳴と金属のつぶれる音にかき消されてしまう。数えきれないほど想像した音……。

マルコスは拳を握った。

マルコスの父はアンチエイジング・クリームの製法を開発の初期段階でアジズ・アル・マグリブに明かすという過ちを犯した。アル・マグリブ家は世界最大のアルガン油の収穫を支配する富裕な一族だ。父は開発事業に投資するようアジズを説得しようとした。だが、アジズは製法をシェルダンに売り、ひともうけしようと企《たくら》んだ。

そして、マルコスの一家が休暇に出かけ、晴れた夏の一日を楽しんでいる隙《すき》に、狡猾《こうかつ》な弁護士団が判事を買収して、アンチエイジング・クリームは巨大化粧品会社、ウィンター・インターナショナル社の発明だと裁判所に認めさせた。長年にわたる開発努力の末、マルコスの父が経営していた小さな医薬品会社は倒産に追いこまれた。

そして、ラミレス家は命まで奪われた。

マルコスは拳を目に押しつけた。復讐が成功しなかったというのなら、なにが足りないのか。

いや、復讐は成功したはずだ。そうに決まっている。まだ仕事が終わっていないだけだ。シェルダン・ウィンターを破滅させ、刑務所に送りこむ。アジズに恥をかかせ、廃嫡の憂き目を味わわせて、一族の前で屈辱をなめさせる。

それで足りなければ、まだ方法はある。アジズを愚弄《ぐろう》して喧嘩《けんか》に誘いこみ、たたきのめしてやるのだ。そうしなければ、長年の悪夢を断ち切ることはできない。

〝あなたと結婚したら、私は傷つくことになるわ。私たちの子供も傷つくでしょう。ただ、それがわかっていても、私はあなたに惹かれずにはいられなかった。だから、あなたが私を愛さなかったことに感謝しているの〟

マルコスは目を閉じ、深い息をついた。タムシンの言うとおりだ。僕と結婚したら彼女は壊れてしまう。彼女を遠ざけることこそ、僕の人生で初めての無償の愛の行為ではないか。

タムシンがオフィスのドアから入ってきた。シンプルなブルーのワンピースは地味だがシックで、曲線を隠しながらも体型を際立たせていた。ブルーのシルクが瞳の色を引きたて、白い肌と赤い髪に映える深い海を思わせる。

彼女はオアシスだった。乾いた砂漠で手にした一杯の澄んだ水のようだった。

タムシンが近くの椅子に座って脚を組んだ。「シェルダンと話したわ。兄は心から後悔しているの。信託資金は返済するつもりだったと言ってる。信じていいと思うわ」

マルコスの目は無意識にタムシンの脚をたどっていた。形のいいふくらはぎから細い足首、そして、黒いハイヒール。「お兄さんは君をたたいたり、望まない結婚を無理強いしたりした。そのこともあやまったのか？」

「あれはカミラの差し金だったのよ。義姉《あね》は、男ならそのくらいしなさいってどなっていたわ。ニコールは一、二週間なら独りぼっちにしても大丈夫だって言ったのも義姉よ。兄は、子供のことは女性のほうがよくわかっていると思って、それを信じたの」タムシンは片手を上げた。「誤解しないで。兄がいい人だと思っているわけじゃないのよ。でも、許せるかもしれないという気持ちになってきたの」

「僕は許せない。女性をたたくなんて言語道断だ。どんな場合でも」

「そうかもしれないわ。でも、兄を恨んでこれ以上時間をむだにしたくないの。新しい人生を始めるのよ。自分のために。妹のために」タムシンはデスクをまわってマルコスのもとへ行き、彼の首に腕をまわした。「あなたのおかげよ。あなたは私たちを救ってくれたわ」彼の頬にキスをする。「ありがとう」

マルコスはタムシンの存在を痛切に求めていた。彼女の前向きさと明るさ、そしてやさしさを。

タムシンとともに生きる人生はどんなにすばらしいだろう。状況が違っていればよかったのに。

彼女を愛するのはあまりにもたやすい……。

マルコスはタムシンを押しやった。触れられたくない。彼女がそばにいると感情をかきたてられてしまう。「どういたしまして」

タムシンが椅子に戻った。「これで終わったのね」

「いや、終わりにはまだほど遠い」

ブルーの瞳が驚きの色をおびた。「どうかこれ以上兄を苦しめないでちょうだい。兄のためでなく、私のために。兄はウィンター・インターナショナル社を辞めるつもりよ。兄が最高経営責任者《CEO》になったのは、父がそう主張したからなの。そして兄は、六十年続いた会社をつぶしたくない一心だった。おかしいでしょう？　兄自身はCEOになりたくなかったの。私はなりたかったけれど、男の世界に女が近づくべきではないと父が主張したのよ」

マルコスは首を振った。「君の父上はばかだ」

「父は、私が生まれたときにはもう六十近かったわ。他人を理解しようという気がなかったのね。他人を支配し、いばり散らし、殴ることしか知らなかった。あれほど頑固で怒りっぽい人は見たことがなかったわ」タムシンはそこで言いよどんだ。

マルコスには続きがわかるような気がした。あなたに会うまでは、と言いたかったのだろう。

タムシンは咳《せき》払いをした。「いずれにしても、兄も苦しんでいるとは考えたこともなかったわ。イギリスに帰ってゴルフショップを開くそうよ。ゴルフが大好きだから。そして私は、突拍子もないことを考えているの」彼女は恥ずかしそうに目を伏せ、えくぼを浮かべた。「ウィンター・インターナショナル社の経営を手がけてみたいのよ。どう思う？」

なにげない言い方だったが、声が震えている。マルコスはそれを無視しようとした。

「君の兄さんはゴルフショップを開くことはない。刑務所に入るんだ」

「マルコス、お願い」タムシンは立ちあがり、両手を握り締めた。「許してあげて」

彼女と言い争ってもしかたがない。マルコスは回転椅子をまわして窓の方を向いた。日差しが顔に当たった。暖かく、やさしく、とがめるように。

マルコスはタムシンの方に向き直った。「この書類があれば養育権を取得できる。ロンドンへ行ってくれ。弁護士には君から電話があると言っておく。妹さんには君が必要だ」

タムシンは深く息をついた。「このままあなたと別れたくはないわ」

「そう約束したはずだ」マルコスは表情を変えずに言った。「それがいちばんいいことはお互いにわかっているじゃないか」

「ええ、わかっているわ」タムシンが一歩近づいた。日差しを浴びた髪は赤い薔薇《ばら》のようだ。瞳はクリスマスのライトか、サファイアか、暑い夏の日の空のように青い。彼女はほっそりした白い手をマルコスの肩に置いた。「でも、あなたと別れたくない。お願い、マルコス。復讐はあきらめて」そっとささやく。「代わりに私を選んでちょうだい」

マルコスは首を振り、苦笑しながらタムシンから離れた。「二十年も待ったのに僕がアジズを許すと思っているなら、君は僕をまったく理解していない。僕を愛していると言いながらね」

タムシンはマルコスの前にひざまずき、彼の膝に手を置いて、懇願するように言った。

「父は復讐に取りつかれて家族をぼろぼろにしてしまったわ。どんなに望んでも復讐はなにももたらさない。心の闇を深くして、憎しみをつのらせるだけ。あきらめて、お願い」

彼女の目に涙があふれた。「愛しているわ、心から。だからこそ兄とアジズを許してほしいの」

その言葉はマルコスの体に不思議な変化をもたらした。大地が揺れているようにめまいがする。世界が変わってしまったように思える。自分の存在も。

気持ちが落ち着かない。けれど……。

タムシンの魅力に引かれずにはいられない。マルコスは彼女に近づき、頬に、喉元に、首筋の肌にそっと触れた。

タムシンを送り出さなければならない。彼女自身のために。できるだけ早く。

だが、そうしたくない。彼女と愛し合いたい。デスクの上でも、どんなところでも。彼女に結婚指輪をはめてもらいたい。永遠に僕のものだというしるしを身につけてほしい。地球上のすべての人に僕のものだと示すために。僕だけのものだと。

妻になってほしい。

僕の子供を産んでほしい。

毎朝目覚めて彼女の顔を見たい。生きている限りずっと。

そのとき、恐ろしい事実が銃弾のようにマルコスの心臓を貫いた。僕は彼女を愛してしまったのだ。

8

タムシンは息を殺して返事を待った。

マルコスがじっと見つめている。その瞳には不思議な光が宿っていた。なにを考えているのだろう？　復讐《ふくしゅう》をあきらめてくれるのだろうか？　私たちは幸せになれるの？

彼がようやく口を開いた。疲れきって老けこんだような声だ。「タムシン、アジズを許すことはできない。あの男は罰せられるべきだ。そうでなければ僕は心の平和を得られない」

タムシンは吐息をついた。希望が消えた。

「すまない。君が望まない答えだということはわかっている。だが、僕の答えはこれしかない」マルコスは手を伸ばしてタムシンの頬に触れようとした。「君に嘘《うそ》はつけない。君にだけは」

タムシンはその手をよけようと体を引いた。触れられたら、キスをされたら、彼の腕の中に飛びこんで二度と離れられなくなるだろう。

思ったとおり、マルコスはハンサムな顔を苦しそうにゆがめ、唐突に手を下ろした。

「君のロンドン行きの便を手配しよう」彼はデスクの上のインターコムを押した。「アメリータ、次の便の予約を――」

「やめて」タムシンはマルコスの手をつかんだ。「あなたが人生をむだにするのを黙って見ているわけにいかないわ！　私にはできない」

「セニョール？」秘書の声がインターコムから聞こえる。「ご用でしょうか《プエド・アジュダルレ》？」

「待ってくれ《アン・モメント》、アメリータ」マルコスはボタンを離すと、タムシンをじっと見つめた。

「僕が家族のために正義を求めるのをとめないでくれ」

「正義じゃないわ。復讐しても幸せにはなれない。それで安らぎは得られないわ」タムシンはマルコスの手を握り締めた。「父はそのために、友達も結婚生活も子供の愛も失ったわ。怒りと復讐《ふくしゅう》に燃えていた。でも、初めからそうだったわけじゃないの。最初の妻が自分の親友と浮気したのよ。それで怒りでおかしくなって、二人を破滅させてしまったの。でも、二人を社会から追放しても、結局は満足できなかった。疑心暗鬼になってまわりの人間をみんな裏切り者と思いこみ、父のほうから攻撃を仕掛けるようになったのよ」

マルコスは拳《こぶし》に力をこめた。「僕はそうじゃない」

「まだそうじゃないかもしれない。でも、きっとそうなるわ」タムシンはデスクの上を見やった。「兄の供述書を手に入れたけど、それで気持ちはおさまったかしら？」

マルコスは歯をくいしばった。「まだ手始めだ」

「嘘よ。復讐をしても心は安らがないし、家族は戻ってこないわ」

「君は僕の家族のことなど知らないじゃないか」

「だから話して！　なにがあったのかを！」

マルコスは立ちあがると、ミニバーのところへ行った。「シェルダンとアジズは僕の一家を破滅させて殺した。それだけではいけないのか？」

タムシンはよろよろと立ちあがった。「どうやって？　なにが起きたの？」

マルコスはバーボンをグラスについだ。「話したくない」

「そうね。でも、あなたは話さないことに疲れ果てている。秘密で身を滅ぼそうとしているわ」

グラスを手にしてマルコスは苦笑した。「意味がわからない」

「兄とアジズがお父様の事業をつぶしたことはわかったわ。でも、ご一家はどうして亡くなったの？」タムシンは胸の前で腕を組んだ。「長い間復讐計画を練ってきたんだから、あの人たちの犯罪について話したいでしょう？」

マルコスが一歩近づき、バーボンをあおると、グラスをデスクに置いた。タムシンを見つめる顔からは笑みが消えている。

「タムシン、僕を行かせてくれ」マルコスは静かに言った。「アジズの襲撃を恐れながら暮らすくらいなら、さっさと対決したほうがいい。この手で始末をつける。君がなんの不安もなく生きていけるように」彼に髪をそっと撫《な》でられ、タムシンは動けなかった。「そうしなければならない。君が安全に、幸せに暮らせるように」

その言葉を聞いて、タムシンは怒りに震えた。「私のためだと言うつもりなの？　兄とアジズを牢獄《ろうごく》にほうりこんだら幸せになれるとでも？」

マルコスは平手でデスクをたたいた。「そうだとも！　ぜったいに！」

タムシンはマルコスの怒りの激しさにおびえたが、引きさがるわけにはいかなかった。彼の両肩をつかみ、じっと目を見つめる。「話してちょうだい、ご家族が亡くなったわけを」

マルコスは歯をくいしばった。「なんてことだ《マドレ・デ・ディオス》。君はあきらめるということを知らないんだな」

「ええ」あなたを愛しているから、と心の中でささやく。「だから話してちょうだい」

「話したらすぐにマドリッドを出るかい？　つべこべ言わずに？　僕の魂を救うなどと言わずに？」

タムシンは唇を引き結んだ。

「約束してくれ」

できない、とタムシンは思った。ぜったいにできない。

「ええ」彼女は小声で言った。

マルコスは椅子にどさりと座り、広い窓を見ながら片手で額をこすった。「僕は十二歳で、家族とイギリスで休暇を過ごしていた。父が仕事で問題をかかえていることは知っていたが、解決できると思っていた。当然だろう？　父のほうが正しかったんだから」彼は目を閉じた。「だが、父は十年かけて開発した製法の特許を失った。会社も資産も一生をかけた仕事も、すべてが一瞬のうちに水の泡になった」

「それが兄のせいだったのね」タムシンは恥ずかしさに頬を染めながらマルコスのうしろに立ち、彼の肩に手を置いた。「ごめんなさい」

マルコスは聞こえなかったかのように、窓から外を見つめたまま話しつづけた。「恰幅《かっぷく》のよかった父は一夜にしてやつれ果てた。母は泣きつづけた。弟のディエゴはまだ九歳だったから理解できなかった。僕も。ただ、僕は長男だから、家族を傷つけたやつらに償いをさせなければならないと考えた」

「それでどうしたの？」タムシンはそっと尋ねた。

「失踪《しっそう》した」マルコスは自嘲《じちょう》するように笑った。「僕はディエゴの誕生日に凧《たこ》を買ってやろうと金をためていた。その金があればマドリッドまで帰れると考えた。やつらをさがし出して、すべてを取り返そうと」

まだほんの子供だったのに。二十年間、復讐だけを追い求めて生きてきたのだ。人生の三分の二を恨みを晴らすために費やしたことが、彼をどう変えたのだろう？

「ヒッチハイクでヒースロー空港まで行った。両親がそれに気づいてレンタカーで追ってきた。真っ暗な雨の夜で、家族の乗った車はM25環状道路でスリップしてトラックに激突した。両親は即死、弟は一時間は生きていたと、あとで聞かされた。僕はその場にはいなかったから。空港にいて、マドリッド行きの切符を十二ポンドで買おうとしていたんだ」

「まあ、マルコス」タムシンはささやきながらマルコスの手を取った。涙があふれ出した。マルコスの顔はうっすらと髭《ひげ》が伸び、やつれて見える。苦しげな表情がタムシンの胸を刺した。

「家族が死んだのは僕のせいだと思うだろう？」

「いいえ！」タムシンは必死に彼の手に口づけし、頬に押し当てた。「あなたのせいじゃない、マルコス。違うわ。あなたはほんの子供だったんですもの。そんなことになるなんて考えもしなかったはずよ」

「嘘をつけ！」マルコスはタムシンから離れてふらふらと立ちあがった。「僕を責めているくせに。目を見ればわかる」

「責めてなんかいないわ」タムシンは息をのみ、口に手を当てた。「なんてこと、あなたが苦しんでいるのも無理はないわ。二十年間、兄とアジズへの復讐を夢に見てきたというけれど、実はそうじゃなかったのね。それが本当の望みではなかったんだわ。あなたが本当に罰したいと思っていたのは自分自身なのよ」

一瞬タムシンにもたれかかるかに見えたマルコスが表情をこわばらせた。「僕を助けようとするのはやめてくれ。僕の思いどおりに行動させてほしい」

「マルコス、お願い。あなたが悪かったんじゃないわ。わかってちょうだい。愛しているわ」

「愛さないでほしい、タムシン」マルコスの声は厳しかった。「僕にはそんな資格はない。僕は愛を望んでいない」

「マルコス！」タムシンは手を伸ばしたが、マルコスは応じようとしなかった。オフィスのドアを開け、タムシンを振り返って、無表情な目で見つめた。

「もう待てない。言いわけはなしだ。約束どおりにしてもらおう」マルコスは秘書の方を向いた。「アメリータ、ミス・ウィンターはすぐにマドリッドを発《た》つ。フライトを手配してほしい」

「はい《シ》、セニョール」

マルコスは再びタムシンの方を向いた。「今後、なにか必要なものがあったら、金でも援助でもなんでも、僕の弁護士にすぐに連絡してほしい。あるいは子供のことでも。約束してくれ」

「行かないで……」

「約束するんだ」マルコスは冷酷な口調で命じた。

「約束するわ」涙がタムシンの頬を伝った。「お願い、マルコス。ここにいて。話をして。ほかに方法があるはずよ……」

「話すことはなにもない。君の未来はロンドンに、僕の行くべき道はモロッコにある」マルコスはまばたきすると背を向けた。「さよなら、タムシン」


シーク・モハメド・アル・マグリブの住まいは、宮殿《カスバ》と言っても、実際はタタ川のほとりに立つ要塞《ようさい》で、銃眼のある塔がそびえ立っていた。アガディールのはるか東、アトラス山脈に近い砂漠の中にある。

タムシンは目を細めて、窓から外を眺めた。山々の向こうに日が沈もうとしていて、薔薇《ばら》色の光が鮮やかな黄と紫に染まった岩を照らしている。彼女は震えないように両手を組み合わせた。今日はいろいろなことがありすぎて、頭がしびれてしまいそうだ。

命をかけた恋を失った。

その一時間後、妊娠していないことを知った。

マルコスの子供を身ごもっているのではないかと恐れたことが不思議に思える。今は希望を失ったことがつらく悲しい。タムシンは、赤ん坊が腕の中で泣いたり笑ったり声をたてたり、父親似のグレーの瞳で見あげるところを思い描いてみた。

子供がいなければ、希望もない。マルコスに再び会うべき理由もない。彼への愛の形見になるものはなにもなくなってしまった。

自分が若く、母親になる心構えもできていないことはわかっていた。子供が生まれたら困ったことだろう。でも、すばらしい喜びも味わったに違いない。私はマルコスの子供を望んでいたのだ、ずっと。

次はなにが起こるのだろう？　一族の事業も失うことになるのだろうか？

「シークがお会いになる」気むずかしそうな侍従武官が言った。

「ありがとう」

侍従は不機嫌そうに口を結んだまま、タムシンと距離を置いてドアを押さえている。遠いアル・マグリブの村まで一人でやってくるような妙な女には近づきたくもないという顔だ。この村は広大なアルガン畑だけでなく、短剣や銃の生産でも知られている。まったくの男の世界だ。シェルダンが一緒に来ようと言ってくれたが、タムシンは断った。離婚訴訟に追われている異母兄をわずらわせたくなかった。それに、カミラが離婚したがっている理由を彼が説明してくれたことはおおいに助けになった。

ここへ一人で来ることがタムシンの望みだった。自分の力を証明することが。男の世界で対等に渡り合える強さを証明することが。

愛を失っても生きていけると証明することが。

侍従について廊下を進み、謁見室に足を踏み入れた。敬意を表するために髪をベールでおおったタムシンは、背筋を伸ばし、毅然《きぜん》とした態度を保った。

刺繍《ししゅう》をほどこした分厚い絨毯《じゅうたん》の上を歩きながら見あげると、高い天井には渦巻きやからみ合った模様が描かれていた。室内には優雅な調度が並んでいる。シークは絹のソファの真ん中に座り、水ギセルをくわえていた。その前には低いデスクが置かれ、使用人が黙って背後に立っている。

シークは目を上げたが、立ちあがろうとはしなかった。「これはこれは、甥《おい》から逃げた花嫁だな」鋭く問いかけるような視線が向けられる。「なぜ私に会いたかったのか知りたいものだ。座るがいい」

タムシンは示された椅子に座った。マドリッドからの機内でシークを説得する文句を考えてきたはずなのに、緊張しすぎていてなにも思い出せない。「ありがとうございます。単刀直入に申しあげます」

シークはうなずいた。

「兄はウィンター・インターナショナル社を辞めることになり、私が跡を継ぐことになりました。それで、あなたと兄の取り引きを継続していただくようお願いに来たのです。今年収穫され、製油されたアルガン油を無利息の掛けで売っていただきたいと思いまして」

「なぜそんなことをする必要がある？　君は甥と結婚するためにこのモロッコにやってき

たのか?」

「いいえ」

シークはおおげさに肩をすくめた。「結婚が取り引きの条件になっていたはずだ」

「私の一族から花嫁を手に入れたはずですわ」自分の心臓の鼓動を聞きながら、タムシンはまっすぐにシークの目を見つめた。「今朝、兄の妻のカミラが甥ごさんと一緒になるために家を出ました。兄への電話によると、カミラはここ何週間かこっそりアジズとつき合っていたそうで、数時間前に離婚を申し立てました。あなたの弁護士の力を借りたのでしょう。兄にアジズと結婚すると申し渡したことは、あなたもご存じのはずです」

シークは目をしばたたき、ゆっくりとほほえんだ。「君は早耳だな」

「ありがとうございます」

「考えを変えてアジズと結婚する気はないか? 甥が選んだ相手よりも君のほうがよほど役に立つ嫁になりそうだが」

タムシンは体の震えを抑えた。「ありません」

「甥が最初の妻を殺したという噂《うわさ》があるが、それは事実ではない。彼女は事故で死んだのだ。私がこの目で見た。それでも気は変わらないか?」

タムシンはうなずいた。「でも、そのことがわかってカミラのためにはよかったと思います」

シークが苦笑いした。「あまり喜ばないほうがいい。甥は殺人者ではないが、模範的な男とも言いがたい。つらい生活になるだろう。彼女は甥より私の財産に興味があるのだろうが、こちらに知り合いもいないし、跡継ぎを産むとも思えない。たぶん旺盛《おうせい》な欲望が二人を結びつけているのだろう。先行きうまくいくとは思えないが、恋のじゃま立てはだれにもできない。確かに君の言うとおり、君の一族は甥に花嫁を授けてくれた。だから私は名誉にかけて取り引きを実行せねばならない」

シークは指を鳴らし、使用人に持ってこさせた台帳をデスクに広げた。五分後、タムシンは信じられない思いでカスバをあとにした。望むものはすべて手に入れたのだ。

いや、違う。それにはほど遠い。

干上がった川のそばにとまった埃《ほこり》だらけのトラックからマルコスが降り立ったのを見て、タムシンは息がつまりそうになった。彼はリュックサックを肩にかつぎ、ドアをばたんと閉めると、カスバに向かって歩きだした。

そこでタムシンに気づいた。急に足をとめたので、ブーツから砂埃が舞いあがる。彼はまるで亡霊でも見るようにタムシンを見つめた。

「タムシン、ここでなにをしているんだ？」

「マルコス」そうささやきながら一歩近づいたタムシンは、全身を震わせた。ここへ来る道すがら、彼を忘れようと思って泣きつづけた。彼のむごい言葉やひどい仕打ちを思い出そうと努力しつづけた。今、マルコスを前にして、めまいがしそうになっている。両腕で抱き締めて、苦しげな顔にキスをしたい。愛していると告げたい。復讐をあきらめて愛してほしいと言いたい。

しかし、マルコスの表情はこわばっている。「僕がアジズを罰するのをとめるために来たのなら、時間のむだだ。僕の家族が死んだのに、やつがのうのうと生きているのは許せない。償いをさせなければ」

タムシンは顔を冷たく平手打ちされたような気がした。愛してほしいと懇願しても、拒否されるだけだろう。それならそんなことはするまい。

「心配いらないわ」心の痛みをまぎらそうとてのひらに爪をくいこませる。「あなたに会いに来たわけじゃないの。アルガン油のことでシークと話し合ったのよ」

「油?」マルコスはまるでギリシア語のようにその言葉を発音した。「なんの話だ?」

「ビジネスの取り引きよ。ウィンターー・インターナショナル社を救済しようと思って。うまくいったわ。シークはアルガン油を無利息の掛けで売ると約束してくれたの」

マルコスが眉をひそめた。「だが、どうやってここへ来た? 僕はアメリータに――」

「マドリッドを次に出る便を予約するよう言ったでしょう? 彼女はそのとおりにしたの。ここは乗り継ぎ地点よ。もうアガディール空港に行かないとロンドン行きの便に間に合わないわ。今さらだけど、私はお父様の製法の使用料をあなたに払うつもりよ。会社を立て直したら、使用料全額と利息をすべてお支払いするわ」

マルコスはとまどったような顔をした。「だが、それは君の借金じゃない」

「一族の借金だということは今は私の負債よ。あなたがそれでも私たちを破滅させようとするなら、私には打つ手はないわ。あなたが憎しみにおぼれるのを防ぐ方法もない……」

マルコスは歯をくいしばり、リュックサックをかつぎ直した。「君は妹さんを救うために進んで人生を投げ出した。それと、僕がしようとしていることと、どんな違いがあるっていうんだ？」

タムシンは信じられない思いでかぶりを振った。「本当に違いがわからないの？」

「わからない。愛する人間を守りたいと思う気持ちは同じだ」

「あなたは守るのではなく、仇《かたき》を討とうとしているだけ。あなたの家族はあなたにこんな人生を送ってほしいとは思わなかったでしょう。彼らを許して自分自身の人生を送ってほしいはずよ。この二十年間あなたがしてきたように自分を罰するのではなくて。あなたの選んだ道は、過去を振り返って憤り、報復すること。それでは生き地獄よ、マルコス」

マルコスの表情が変わった。「アジズが君にしそうになったこと――彼が最初の妻にしたことを考えたら、やつが苦しむのは当然だと思わないか？」

「あなたは苦しむべきではないわ。どうしてわからないの？」タムシンはぴしゃりと言った。「それに言っておくと、アジズは殺人者じゃなくてただの泥棒よ。シークの話では最初の奥さんは事故で亡くなったんですって。だから、製法を盗んだことで懲らしめたいなら、いちばん利益を得た私の会社を罰するべきだわ」

　マルコスの顔がゆがんだ。「僕は君を傷つけたくはない。ぜったいに。君は僕の子供の母親になるかもしれないんだから」

「いいえ」タムシンは涙を見られまいと急いでまばたきした。「私は妊娠していないわ。わかったばかりなの。もう心配いらないわ。私のことも気にかけてくれなくていい。これ以上あなたに迷惑をかけることもないでしょう」

　タムシンはくるりと向きを変え、椰子林《やし》のそばにとめた小さなレンタカーの方へ歩きかけた。

「本当に妊娠していないのか？　確かなのか？」

　振り返ると、マルコスの表情は夕闇《ゆうやみ》にまぎれてよく見えなかった。

「ええ、本当よ」

　マルコスは歯をくいしばり、額をこすった。ぴったりしたTシャツが固い筋肉を浮き彫りにしていた。彼の体なら隅々まで知っている。でも、彼は心を完全に開いてくれることはなかった。楽しかったひとときを思い出して、タムシンは泣きそうになった。

　もう少しだったのに。もう少しで彼を知ることができたのに。もう少しで彼の子供の母親になれたのに。もう少しで彼と生涯をともにすることができたのに。

「さよなら、マルコス」タムシンは再び背を向けた。

マルコスがその腕をつかんだ。「タムシン、待て」

腕をなぞり、体を撫《な》でるマルコスの手の感触を思い出す。彼の方を向いてはいけない。顔を見たら、彼を抱き締めて、二度と放せなくなりそうだ。「なんの用なの?」

一瞬、マルコスが言葉につまった。「君を……君を失いたくない」

タムシンは息をのみながら彼の方を振り返った。気持ちを変えてくれたのだろうか? 復讐のむなしさを知って、真の人生を望むようになったのだろうか——許しと喜びの人生を?

マルコスが髪をかきむしった。「お願いだ、僕と一緒にいてほしい。アジズとの交渉が終わったら話をしたい。君と妹さんはマドリッドに来て暮らせばいい。そうすれば僕たちは一緒にいられる。僕たちは……つき合いつづけられる」

最初の言葉で天にも昇る心地になったタムシンは、最後の一言で地面にたたきつけられた。彼は愛しているとは言ってくれなかった。なんの約束もしてくれなかった。二十年前の出来事にこだわって、妹のためにロンドンへ行ってくれる気もないらしい。復讐に取りつかれたまま、あきらめる意思はないのだ。

しかも私に、妹と一緒にヨーロッパを縦断してマドリッドへ行き、一族の会社の経営をあきらめろと言っている。

タムシンは息をつまらせながら首を横に振った。言葉が出ない。

マルコスの瞳から光が消えた。彼は額に手をかざして夕日をさえぎりながら顔をそむけ、顎をこわばらせた。「だったら、これでお別れだな。楽しい人生を送ってくれ、タムシン」

タムシンは唾《つば》をのみこみ、マルコスの足元に身を投げ出したい衝動と闘った。愛してほしい、生きてほしいと懇願したい。彼女は長いローブをひるがえして彼に背を向け、涙を見られまいとした。

「あなたは死の道を歩むのね」やっとそれだけ言うと、タムシンは椰子林まで駆け戻り、小さな車を飛ばして砂山を走りおりた。振り返りもせず、カスバが見えなくなるまで涙も流さなかった。

タムシンの車の影が地平線の砂塵《さじん》の中に消えてしまうまで、マルコスはずっと見守っていた。

このほうがよかったのだ。カスバに向かいながら自分に言い聞かせる。僕は彼女にはふさわしくない。だれにもふさわしくない。僕を愛した者はみんな破滅してしまった。

だが、シークの謁見室に到着しても、マルコスの胸の痛みは消えなかった。戦いに負けて打ちのめされたかのようだ。マルコスはシークに向かってぎこちなくアラビア語で挨拶《あいさつ》した。

シークは重々しく挨拶を返し、英語で尋ねた。「証拠は持ってきたのだろうな？」

「約束のとおり」

「長老委員会が君の申し立てを聞くことになっている。甥にも自身を弁護する機会を与えねばならない」

マルコスは眉を寄せた。「アジズを裁判にかけるつもりなのか？　証拠はあなただけに見せるものと思っていたが」

シークを首をかしげ、マルコスをじっと見つめた。「君の訴えどおりなら甥は死刑だ。我々の法律では、委員会の同意なしに判決を下すことはできない」

死刑？　マルコスは愕然《がくぜん》とした。「罰は追放だと思っていたが」

「盗みはな。しかし、君は殺人でも訴えた。我らの砂漠の法は〝目には目を〟なのだ」シークは使用人を身ぶりで呼んだ。「外へご案内しろ」

マルコスは呆然《ぼうぜん》としたまま、使用人について中庭へ向かった。片側に高座があり、ひんやりした砂漠の闇を松明《たいまつ》が照らしている。男性ばかりの集団が高座を取り囲むベンチに座り、ほかに空いた椅子が二つあった。

使用人はその一つを指さして去っていった。マルコスは背中に視線が集まるのを感じながら腰を下ろした。石の壁を見あげると、二階の窓からこちらを凝視しているアジズの険しい顔が目に入った。

「かまわなければ僕も参加したいと思うんだが」

マルコスが振り返ると、シェルダン・ウィンターが真うしろのベンチに座ろうとしていた。「君はここでなにをしているんだ？」

シェルダンが肩をすくめた。「妹が助けを必要としているんじゃないかと思って来たんだが、もう出発したあとだとシークに言われた。あとは、僕の妻を盗んだろくでなしが当然の報いを受けるかどうか確かめたいと思ってね」彼はうんざりしたようにかぶりを振った。「君が好きなわけじゃないが、僕は君の側につこうと思う。少なくとも、僕の妻を誘惑するやつより会社をつぶそうとするやつのほうがましだ」

マルコスは目を細めた。「本当に会社を辞めるつもりなのか？　それともタムシンに嘘をついたのか？」

「いや、妹にすべてゆずるつもりだ。女性の化粧品を売る会社なんか経営する気はもともとなかったんだが、選択の余地はなかった」モロッコの砂漠の真ん中だというのに、シェルダンは名門ゴルフ場セント・アンドリュースにでもいるようなカーディガンとズボン姿だ。「すべてを失ってすっかり自由になった。仕事も家庭も。もう恐れるものはない。やり直すしかない」

マルコスはシェルダンを手招きした。「ちょっとこっちへ来てくれないか」

「ああ、だが、なぜだい？」

シェルダンが手の届くところに来ると、マルコスは彼の顔にパンチをくらわせた。

シェルダンは倒れそうになり、憤然とした顔で体を起こした。「なんのまねだ？」

「二週間前にタムシンの頬につけた傷の仕返しだ」

「それならしかたがないな」シェルダンが顔をしかめて顎をさすった。

マルコスは目をしばたたいてシェルダンを見つめた。これが二十年間追いつづけてきた男なのか？　昼も夜も憎みつづけてきた男なのか？　この老けこんで肉のたるんだ出来損ないが？

開いた窓の方を振り返ってみる。アジズはさらにひどい。乱暴で冷酷で強欲だ。泥棒で嘘つきだ。

だが、人殺しではない。

タムシンは正しかった。アジズにここで仕返ししても、そう、死刑という究極の復讐をなし遂げても、心の平和は得られまい。僕が本当に罰したいのは僕自身だったからだ。この二十年間ずっと。

マルコスは深々と息をつき、家族を思い出した。笑いと愛と、それらすべてが消えた日を。だが、それはシェルダンのせいでもアジズのせいでもない。復讐しようと僕が失踪したから家族は命を落としたのだ。

けれど、僕はまだ十二歳だった。ほんの子供だった。そして二十年間、その過ちの償いをしてきた。

忘れることはできるのだろうか？　自分の過ちを許すことはできるだろうか？

すまなかった、父さん、母さん、ディエゴ。マルコスは目を閉じた。僕が悪かった。

まるでそれに応《こた》えるかのように、突然、体じゅうが安らぎで満たされた。心が開き、光を受け入れた。

そして、マルコスは突然、タムシンが正しかったことを確信した。闇を終わらせなければならない。家族のために。タムシンのために。僕を愛してくれたみんなのために。

その瞬間、群衆が静まり返った。シーク・モハメド・アル・マグリブと五人の長老が高座に姿を現したのだ。シークはあたりに響き渡るようなアラビア語で甥の出頭を求めた。

アジズがゆっくりともう一つの椅子に座り、マルコスを憎しみのこもったまなざしで見つめた。僕のことを引き裂きたいと思っているに違いない。怒るのも当然だ。人殺しという告発はでっちあげなのだから……。

「証拠について話を聞こう」シークが言った。

もうやめよう、とマルコスは思った。すぐに話を打ち切り、アガディール空港へ駆けつけるべきだ。タムシンの飛行機がロンドンへ向けて飛び立つ前に。彼女に愛していると告げて、胸に抱き締めるのだ。

この愛は窓にともる明かり、暗く寒い夜を過ごしたあとに我が家へ導いてくれる明かりだ。

「待ってくれ」マルコスはアラビア語で言いながら立ちあがった。「裁判は中止だ」アジズを見て、深い息をつく。「僕が間違っていた」

さあ、勇気を出して。タムシンはさっきから二十回あまりも自分にそう言い聞かせていた。

最高経営責任者《CEO》専用バスルームの中で深呼吸をする。ウィンター・インターナショナル社の本社はオールド・ブロード・ストリートに立つ高層ビルの最上階を含む四フロアを占めていて、専用バスルームの窓からはテムズ川、タワーブリッジ、セントポール寺院を見おろせる。ロンドンの南部が一望できる。

これほど緊張したことは今までにない。

二分後に取締役会のメンバーに会うことになっている。会社を維持するだけでなく、弱冠二十三歳の女性に経営の舵《かじ》取りをまかせるよう説得しなければならない。派手なドレスや男性との浮き名でしか注目されたことのないこの私に。

複数の取締役がすでに、アルガン油取り引きの成否にかかわらず、会社を売却したい意向をほのめかしていた。どうせ倒産するなら、とれるものは少しでもとっておこうというわけだ。株式は非公開で、ウィンター一族の持ち株比率は四十パーセントにすぎないから、事業を継続するためには取締役たちを説得するしかない。自分の経営によって会社を立て直せると納得してもらうのだ。

チャンスさえ与えられれば、立て直す自信はあった。シェルダンの経営で会社のイメージは落ちこんでいる。彼には女性のことなどわかりはしない。昔のように二時間もかけて念入りにメイクする女性など、今はもうどこにもいないのだ。

現代女性がいかに多忙かをタムシンは知り抜いていた。すばやく美しくなれる方法が求められている。二十代の女性向けには手ごろな価格できらめきと大胆な色使いを、懐に余裕があって洗練された若々しさを求める年配の女性向けには高級ラインを提案するつもりだ。多忙な若い母親たちのためのラインも検討している。専用のアンチエイジング・クリーム、睡眠不足でできた目の下の隈《くま》を隠すコンシーラー、赤ん坊の頬にキスをしてもにじまない口紅。

部門を合理化してウィンター・インターナショナル社を黒字化させ、自身の報酬を削減して社員の雇用を守る。自分の収入は妹と小さなアパートメントで暮らせる分だけあればいい。昼夜を通して働く。日中はオフィスで仕事をし、夜は自社製品の魅力をアピールするためにパーティに出席するつもりだ。

心はうつろだった。心はスペインかモロッコのどこかに置き去りにしてきた。それでもタムシンは、失意のうちにも生きていくすべを学んでいた。

鏡を見ると、シックなクリーム色のスーツにバックベルトの鰐《わに》革の靴が映えていた。赤毛はシニョンにまとめ、白い肌にぴったりの赤い口紅を差した。

眠れぬ夜を二晩過ごしたので、顔色はいつもより青白い。モロッコでマルコスと別れてからの時間が永遠のように長く感じられる。夢と希望と愛を失ってからまる二日が過ぎた。

彼のことを考えるたびに泣きたくなる。喉にいつも塊がつかえているようだ。

ロンドンに戻って以来、自分の苦しみや悩みを幼い妹には見せないようにしてきた。家賃の安いアパートメントを見つけてナイツブリッジのフラットを出るまでの間、妹は養育係《ナニー》のアリソン・ホランドがみてくれている。この二日間は仕事に没頭して、今日のプレゼンテーションが完璧《かんぺき》にできるよう準備してきた。でも、鏡の中の姿には悲しみがまだ影を落としている。

マルコスは復讐を果たしたのだろうか？

私たちにやり直すチャンスはあるのだろうか？

道を誤ったのではないかという思いがずっとタムシンを苦しめていた。とどまってほしいという彼の希望にそうべきだったのか？　安易な逃げ道をさがす代わりに、彼のために戦うべきだったのか？

まだ手遅れではないかもしれない。タムシンは唐突に考えた。ビアンカにジェット機を借りてマルコスのもとへ飛び、マドリッドに移り住むと言ってみようか？　一緒にいられるなら、どんな希望にでもそうと……。

いいえ。タムシンは顎を上げて、鏡の中の自分をじっと見つめた。復讐にとらわれた人生など、人生とは言えない。私の選択は正しかった。

それなのに、どうしてこんなに苦しいのだろう?

シェルダンの秘書だったフィリスがバスルームのドアをノックした。「みなさん、お集まりです」

マルコスへの思いにひたっていたタムシンは、もう少しでフィリスに、すべて取り消して、取締役会もキャンセルすると言いそうになった。いや、社員のことを考えなくては。みんな家族をかかえているのだ。彼らのためにやらなくては。妹のために。自分のために。

私にはできる。

タムシンは肩をいからせてバスルームから出ると、銃撃隊に立ち向かうために廊下を歩いていった。守ってくれるものはパワーポイントのプレゼンテーションと昨シーズンのクロエのスーツだけ。

マルコスは、高層ビルの正面玄関の階段を下りてくるタムシンの姿を見つめていた。

バーバリーのレインコートを着たタムシンは、十月の小雨の中をつかつかと歩いてタクシーを拾おうとしている。誘拐したころとはずいぶん変わったものだ。望むものを得るために立ち向かう強く自信に満ちた女性になった。

もう僕のことは求めないかもしれないと、マルコスはふいに考えた。愛想を尽かしたかもしれない。その気になれば男性はいくらでもいる。僕よりすばらしい男性たちが。

だが、僕ほど彼女を愛する男性はほかにはいまい。これから先、彼女を幸せにするためならどんなことでもするつもりだ。それを彼女に証明してみせる。そのチャンスを与えてくれさえすれば、彼女を決して後悔させない。

「車を出してくれ」マルコスはレイエスに命じた。

黒いリムジンがすべるように縁石に乗りつけ、マルコスはドアを開けた。タムシンは行く手をふさいだ車を迷惑そうに見やった。次の瞬間、彼女の目が大きく見開かれた。

車から降りながらマルコスは胸に手を当てた。「僕にはできなかった。僕がばかだった――」

タムシンは叫び声をあげて駆け寄り、マルコスに両腕を投げかけた。彼女の涙がマルコスの頬を濡《ぬ》らし、小雨と混じり合った。

「怖かったわ、あなたを失ったかと思って」タムシンはささやきながらマルコスの頬に何度も何度もキスをした。「とても怖かったわ」

「君が？　怖《ケ》かった《リーダ》？　まさか」マルコスは彼女を力いっぱい抱き締めた。「すまなかった、いとしい人。君は正しかった。僕は確かに自分を罰しようとしていたんだ。でも、実行することはできなかった。君を愛しているのに気づいたから……」

「なんですって?」タムシンが息をのんで体を引く。

マルコスはタムシンの目をのぞきこんだ。雨が激しくなり、赤毛が頭に張りついて、マスカラがにじんでいるが、マルコスには彼女が天使のように美しく見えた。「愛している、タムシン」

「マルコス……」

マルコスは雨の中でタムシンにキスをすると、車に押しこんだ。「さあ、夕食を食べに行こう。どこへ行きたい?」

タムシンは暖かく心地よい座席の上で呆然としている。「なにがあったの、この二日間のうちに? たったの二日間よ」

マルコスは手を握り締めながら、砂嵐《すなあらし》で足止めをくったときのことを思い出してかぶりを振った。「もっと早く来られなくてすまなかった。電話をしようかとも考えたんだが……」彼は深呼吸をした。「来るなと言われるんじゃないかと思って」

「聞き違いじゃないわよね?」タムシンは驚いたように眉を寄せた。「本当にアジズを許したの?」

「そうだ」だが、事のなりゆきはマルコスの予想とは違ったものになった。彼がアジズを追及する前にシェルダンが立ちあがり、アジズの窃盗罪を主張したのだ。シークは甥を廃嫡して国外追放した。今、アジズはカイロのガソリンスタンドで、カミラはペットサロンで働いているらしい。

タムシンの目から涙があふれるのを見て、マルコスは急に不安になった。どうして泣いているのだろう？　思いがけない反応だ。夕食に誘い、プレゼントとやさしい言葉で喜ばせようと思っていたのに。愛を語ろうと思っていたのに。

遅すぎたのだろうか？　僕があまりに深く傷つけたから、もう嫌いになったのだろうか？　彼女を失うことはぜったいにできないと悟った矢先に……。

「どこに食事に行こう？　〈ノブ〉？　それとも〈アイビー〉？　どちらも評判がいいと聞いたが」

「たまには私がごちそうするわ」タムシンは涙をぬぐいながらほほえんだ。「ここにいるのはウィンター・インターナショナル社の新しいＣＥＯよ」

マルコスが目をみはった。「タムシン！」

「あまり高給取りのＣＥＯじゃないけど。会社には負債が山ほどあるし、立て直しのために経費を切りつめなくちゃならないの。でも、あなたのためなら喜んで予算をとってカレーをごちそうするわ」

タムシンは身を乗り出して情熱的なキスをした。マルコスの体じゅうが燃えるように熱くなり、その瞬間、彼は確信した。二人の愛が成就することを。

「ずっと待っていたの」

「カレーを、それともキスを?」

タムシンがセクシーな笑みを浮かべた。「両方よ」

「君の望みをかなえてあげよう」マルコスが手を伸ばすと、タムシンは眉をひそめて体を引いた。

「でも、マルコス、どうしてここに来たの?」

「君にキスするためさ」マルコスはタムシンを抱き寄せた。「だから——」

「ここはロンドンよ。ロンドンにはぜったいに来ないって言ったじゃないの」

マルコスは肩をすくめた。「それは昔の話だ。それに、破られる約束というものもある。生涯続く約束もある。君は僕の未来だ、タムシン。君は僕を闇から救ってくれた。ロンドンでもマドリッドでもカトマンズでも、君の好きなところで暮らそうじゃないか」彼はタムシンの目をじっと見つめた。「二十年間の闇よりも、日差しの降りそそぐ君との一日が欲しい」

タムシンは手を上げ、マルコスのまつげにきらめく一粒の涙をぬぐった。「マルコス」そうささやきながら、愛情に満ちた目で見あげる。

マルコスがキスをすると、タムシンは情熱をこめてキスを返した。次の瞬間、二人は互いの衣服をはぎ取りはじめた。

レイエスは車を発進させながら心得たようにスモークガラスの窓を閉め、二人は嵐の中で喜びに酔いしれた。

●本書は2009年8月に小社より刊行された作品を文庫化したものです。

天使を抱いた夜
2024年4月1日発行　第1刷

著　者　ジェニー・ルーカス

訳　者　みずきみずこ（みずき　みずこ）

発行人　鈴木幸辰

発行所　株式会社ハーパーコリンズ・ジャパン
東京都千代田区大手町1-5-1
04-2951-2000（注文）
0570-008091（読者サービス係）

印刷・製本　中央精版印刷株式会社

定価はカバーに表示してあります。
造本には十分注意しておりますが、乱丁（ページ順序の間違い）・落丁（本文の一部抜け落ち）がありました場合は、お取り替えいたします。ご面倒ですが、購入された書店名を明記の上、小社読者サービス係宛ご送付ください。送料小社負担にてお取り替えいたします。ただし、古書店で購入されたものはお取り替えできません。

この書籍の本文は環境対応型の植物油インクを使用して印刷しています。

Printed in Japan © K.K. HarperCollins Japan 2024 ISBN978-4-596-53809-3

4月12日発売

ハーレクイン・シリーズ 4月20日刊

ハーレクイン・ロマンス

愛の激しさを知る

傲慢富豪の父親修行	ジュリア・ジェイムズ／悠木美桜 訳
五日間で宿った永遠 **《純潔のシンデレラ》**	アニー・ウエスト／上田なつき 訳
君を取り戻すまで **《伝説の名作選》**	ジャクリーン・バード／三好陽子 訳
ギリシア海運王の隠された双子 **《伝説の名作選》**	ペニー・ジョーダン／柿原日出子 訳

ハーレクイン・イマージュ

ピュアな思いに満たされる

瞳の中の切望	ジェニファー・テイラー／山本瑠美子 訳
ギリシア富豪と契約妻の約束 **《至福の名作選》**	ケイト・ヒューイット／堺谷ますみ 訳

ハーレクイン・マスターピース

世界に愛された作家たち
〜永久不滅の銘作コレクション〜

いくたびも夢の途中で **《ベティ・ニールズ・コレクション》**	ベティ・ニールズ／細郷妙子 訳

ハーレクイン・プレゼンツ作家シリーズ別冊

魅惑のテーマが光る極上セレクション

熱い闇	リンダ・ハワード／上村悦子 訳

ハーレクイン・スペシャル・アンソロジー

小さな愛のドラマを花束にして…

甘く、切なく、じれったく **《スター作家傑作選》**	ダイアナ・パーマー他／松村和紀子 訳

初恋は
秘めやかに
DIANA PALMER
ダイアナ・パーマー
野原はるか 訳
孤児のレイシーの初恋相手は
兄のような存在のコール。
出征した彼を一途に
待ち続けたすえに結婚するが、
初夜を最後に触れられなくなり、傷心。
だが別居先に夫が現れ…。
あのリンダ・ハワードをして
「誰にも真似できない」
と言わしめた、
大スター作家ダイアナ・パーマーの
幻のヒストリカル！
1920年代アメリカが舞台の、
ヒロインの
ひたむきな愛が光る感動傑作で、
ヒーローの弟妹の恋愛も楽しめる
読み応え充分の
群像ロマンスです。
巻末に
特別付録！
ダイアナ・パーマー
全作品リスト一挙掲載！
ロマンスの巨匠、幻のヒストリカル
3/20刊